O HOMEM DE LATA DE OZ

L. FRANK BAUM
O HOMEM DE LATA DE OZ

Tradução
Karine Simões

Principis

Esta é uma publicação Principis, selo exclusivo da Ciranda Cultural
© 2023 Ciranda Cultural Editora e Distribuidora Ltda.

Traduzido do original em inglês
The tin woodman of Oz

Texto
L. Frank Baum

Tradução
Karine Simões

Revisão
Agnaldo Alves

Produção editorial
Ciranda Cultural

Diagramação
Linea Editora

Design de capa
Edilson Santos Andrade

Imagens
welburnstuart/Shutterstock.com;
Juliana Brykova/Shutterstock.com;
shuttersport/Shutterstock.com

Dados Internacionais de Catalogação na Publicação (CIP) de acordo com ISBD

B347e	Baum, L. Frank
	O homem de lata de Oz / L. Frank Baum ; traduzido por Karine Simões. - Jandira, SP : Principis, 2023.
	160 p. ; 15,50cm x 22,60cm. (Terra de Oz ; vol. 12)
	Título original: The Tin Woodman of Oz
	ISBN: 978-65-5552-785-8
	1. Literatura americana. 2. Amizade. 3. Magia. 4. Dorothy. 5. Fantasia. 6. Clássicos da literatura. 7. Espantalho. I. Couto, Francisco José Mendonça. II. Título. III. Série
	CDD 813
2022-0867	CDU 821.111(73)-3

Elaborado por Lucio Feitosa - CRB-8/8803

Índice para catálogo sistemático:
1. Literatura americana : 813
2. Literatura americana : 821.111(73)-3

1ª edição em 2023
www.cirandacultural.com.br
Todos os direitos reservados.
Nenhuma parte desta publicação pode ser reproduzida, arquivada em sistema de busca ou transmitida por qualquer meio, seja ele eletrônico, fotocópia, gravação ou outros, sem prévia autorização do detentor dos direitos, e não pode circular encadernada ou encapada de maneira distinta daquela em que foi publicada, ou sem que as mesmas condições sejam impostas aos compradores subsequentes.

Este livro é dedicado ao filho de meu filho,
FRANK ALDEN BAUM.

SUMÁRIO

Aos meus leitores 9

Woot, o Andarilho 11

O Coração do Homem de Lata 17

O Desvio 23

Os Cidadãos de Gasópolis 29

Sra. Yoop, a Gigante 39

A Magia de uma Yookoohoo 47

O Avental de Renda 56

A Ameaça da Floresta 60

Os Dragões Brigões 68

Tommy Ligeirinho 73

Rancho de Jinjur 80

Ozma e Dorothy 86

A Restauração 91

O Macaco Verde 98

O Homem de Lata 101

Capitão Fyter 108

A Oficina de Ku-Klip 112

O Homem de Lata Fala Consigo Mesmo 116

O País Invisível 126

Durante a noite 138

A Magia de Policromia 143
Nimmie Amee.. 149
Através do Túnel... 155
O Retorno.. 158

AOS MEUS LEITORES

Eu sei que alguns de vocês estavam esperando pela história do Homem de Lata, porque muitos dos meus correspondentes me perguntaram, vez ou outra, o que tinha acontecido com a "bela garota Munchkin" de quem Nick Lenhador havia sido noivo antes de a Bruxa Má encantar seu machado e ele ter sua carne trocada por estanho. Eu também fiquei curioso sobre seu paradeiro e até Woot, o Andarilho, se interessar pelo assunto, o Homem de Lata sabia tanto quanto nós, mas depois de várias aventuras emocionantes, ele acabou encontrando-a, como você vai descobrir ao ler esta história.

Estou muito satisfeito com o interesse contínuo de jovens e adultos nas histórias de Oz. Um professor universitário escreveu-me recentemente para perguntar: "Seus livros são escritos para leitores de que idade?". Fiquei intrigado em responder a tal questionamento adequadamente e examinei algumas das cartas que havia recebido. Uma dizia: "Sou um menino de cinco anos e simplesmente amo suas histórias de Oz. Minha irmã, que está escrevendo esta carta, lê os livros para mim, mas gostaria de poder lê-los sozinho". Outra carta dizia: "Sou uma garota de treze anos, e acho que ficará surpreso em saber que ainda não estou velha para as histórias de Oz". Aqui está outra carta: "Desde jovem, nunca deixei de comprar um livro de L. Frank Baum para o Natal. Hoje sou casada, mas ainda fico ansiosa para obter e ler as histórias de Oz". E outro ainda escreve: "Minha querida esposa e eu, ambos com mais de setenta anos de idade, acreditamos que sentimos mais prazer com a leitura de seus livros de Oz do que com quaisquer outros livros que lemos". Considerando essas declarações, escrevi ao professor universitário que meus livros são destinados a todos aqueles cujos corações são jovens, não importa quais sejam suas idades.

Acho que tenho bons motivos para prometer algumas revelações surpreendentes sobre a magia de Oz no meu livro para 1919.

Seu grato e querido amigo,

L. Frank Baum
Historiador Real de Oz
"OZCOT"
HOLLYWOOD, CALIFÓRNIA, 1918.

WOOT, O ANDARILHO

No País dos Winkies, na Terra de Oz, em seu esplêndido castelo todo feito de estanho, o Homem de Lata sentava-se em seu brilhante trono. Ao seu lado, em uma cadeira de palha trançada, sentava-se seu melhor amigo, o Espantalho de Oz. Vez ou outra, eles conversavam sobre algumas coisas curiosas que tinham visto e aventuras estranhas de que tiveram conhecimento desde que se conheceram e se tornaram bons amigos. Mas, às vezes, eles ficavam em silêncio, pois estes assuntos já haviam sido amplamente comentados por eles, e ambos se contentavam apenas por estarem juntos, falando de vez em quando frases breves para provar que estavam bem acordados e atentos. De fato, essas duas pessoas singulares nunca dormiam... e por que deveriam, se eles nunca se cansam?

E agora, enquanto o sol brilhante se punha sobre o País dos Winkies, tingindo as torres cintilantes e os minaretes do castelo de estanho com gloriosos tons do pôr do sol, ao longo de um caminho sinuoso se aproximava Woot, o Andarilho, que logo encontrou na entrada do castelo um serviçal Winkie.

Todos os serviçais do Homem de Lata usavam capacetes e couraças de estanho e uniformes cobertos com minúsculos discos costurados juntos em um tecido prateado, de modo que seus corpos brilhavam tão lindamente quanto o castelo, e quase tão belamente quanto o próprio Homem de Lata.

Woot, o Andarilho, olhou para o serviçal, todo brilhante e cintilante, e para o magnífico castelo, igualmente brilhante e cintilante, e no momento em que o fez seus olhos se arregalaram de admiração. Woot não era muito grande ou velho e, embora fosse um errante, esta provou ser a visão mais linda que seu olhar infantil já vira.

– Quem vive aqui? – ele perguntou.

– O imperador dos Winkies, o famoso Homem de Lata de Oz – respondeu o serviçal, que havia sido treinado para tratar todos os estranhos com cortesia.

– Um Homem de Lata? Que esquisito! – exclamou o pequeno nômade.

– Bem, talvez nosso imperador seja um pouco estranho – admitiu o serviçal –, mas é um mestre gentil, tão honesto e verdadeiro quanto o estanho de seu corpo; então nós, que o servimos com prazer, tendemos a esquecer que ele não é como as outras pessoas.

– Posso vê-lo? – perguntou Woot, o Andarilho, após pensar por um momento.

– Se você puder esperar um pouco, irei consultá-lo – disse o homem.

E ele foi até a sala do trono onde o Homem de Lata estava com seu amigo Espantalho. Ambos ficaram felizes em saber que um estranho tinha chegado ao castelo, pois isso lhes daria algo novo para comentar, e o serviçal foi autorizado a admitir a entrada do rapaz imediatamente.

No momento em que Woot, o Andarilho, passou pelos grandes corredores, todos ornamentados com estanho, sob imponentes arcadas de estanho e por muitas salas decoradas com belos móveis de estanho, seus olhos ficaram ainda maiores e todo o seu corpinho se emocionou maravilhado. Mas, por mais surpreso que estivesse, ele foi capaz de fazer uma reverência educada diante do trono e de dizer com uma voz respeitosa:

– Eu saúdo Sua Ilustre Majestade e ofereço-lhe meus humildes serviços.

– Muito bem! – respondeu o Homem de Lata, com seu jeito sempre alegre. – Diga-me quem você é e de onde vem.

– Eu sou conhecido como Woot, o Andarilho – respondeu o rapaz. – E eu vim, através de muitas viagens por caminhos incertos, da minha antiga casa em um canto distante do País dos Gillikins.

– Vagar por aí – observou o Espantalho – facilita encontrar perigos e dificuldades, especialmente para alguém feito de carne e osso. Você não tinha amigos naquele canto do País dos Gillikins? Lá não era acolhedor e confortável?

Ouvir um homem cheio de palha falar e de modo tão eloquente assustou bastante Woot, e de início ele olhou com certa hostilidade para o Espantalho, mas, depois de um tempo, respondeu:

– Eu tinha uma casa e amigos, Vossa Palheza, mas eles eram tão quietos, felizes e acomodados que eu os achava terrivelmente estúpidos. Nada naquele canto de Oz me interessava, mas eu acreditava que em outras partes do país encontraria pessoas estranhas e teria novas visões, e assim comecei minha jornada errante. Tenho sido um andarilho por quase um ano inteiro, e agora minhas andanças me trouxeram a este castelo esplêndido.

– Suponho – disse o Homem de Lata – que neste ano você viu o suficiente para se tornar muito sábio.

– Não – respondeu Woot, pensativo. – Eu não sou sábio, posso assegurar isso a Vossa Majestade. Quanto mais vagueio, menos acho que sei, pois na Terra de Oz há muita sabedoria e coisas a serem aprendidas.

– Aprender é algo bastante simples. Você não faz perguntas? – indagou o Espantalho.

– Sim, faço tantas perguntas quanto me atrevo, mas algumas pessoas se recusam a respondê-las.

– Isso não é gentil da parte delas – declarou o Homem de Lata. – Se alguém não pede informações, raramente as terá, então eu tenho como regra responder a qualquer questionamento civilizado que me é feito.

– Eu também – acrescentou o Espantalho, assentindo.

– Fico feliz em ouvir isso – disse o andarilho –, e por esta razão me atrevo a pedir algo para comer.

– Minha nossa! – gritou o imperador dos Winkies. – Que descuido de minha parte não lembrar que os andarilhos na maior parte do tempo estão com fome. Mandarei trazer comida para você imediatamente.

Ao dizer isso, ele soprou um apito de estanho que fora suspenso de seu pescoço e convocou um serviçal. Depois que o criado apareceu e fez uma reverência, o Homem de Lata solicitou comida para o forasteiro e, em poucos minutos, foi trazida uma bandeja de estanho com uma grande variedade de coisas boas para comer, todas apresentadas em pratos de estanho polidos até brilharem como espelhos. Depois de colocar a bandeja sobre uma mesa feita de estanho em frente ao trono, o serviçal colocou uma cadeira diante da mesa para o rapaz se sentar.

– Coma, amigo andarilho – disse o imperador cordialmente. – Espero que o banquete esteja do seu agrado. Eu, particularmente, não como, sendo feito de um material que não requer alimento para me manter vivo, bem como meu amigo, Espantalho, mas todo o meu pessoal Winkie come, pois são feitos de carne, assim como você. Por esta razão minha dispensa de estanho nunca está vazia, e forasteiros serão sempre recepcionados com tudo que ela contém.

O menino comeu em silêncio por um tempo, estando realmente faminto, mas depois que seu apetite foi saciado, ele disse:

– Como pode Vossa Majestade ser feito de estanho e ainda estar vivo?

– Essa – respondeu o Homem de Lata – é uma longa história.

– Quanto mais longa, melhor – disse o menino. – Poderia, por favor, contar-me sua história?

– Se é o que deseja – prometeu o Homem de Lata, inclinando-se de volta ao seu trono de estanho e cruzando as pernas.

– Eu não relato minha história há muito tempo porque todos aqui a conhecem quase tão bem quanto eu. Mas você, sendo um estranho, sem dúvida está curioso para saber como eu me tornei tão bonito e próspero, então irei contar minhas estranhas aventuras para matar sua curiosidade.

– Obrigado – disse Woot, o Andarilho, ainda comendo.

– Nem sempre fui feito de estanho – iniciou o imperador. – No começo eu era um homem de carne, osso e sangue que vivia na região dos Munchkins. Lá eu era, por profissão, um lenhador e contribuía para o conforto do povo de Oz, cortando as árvores da floresta para fazer lenha, com as quais as mulheres cozinhavam suas refeições enquanto as crianças se aqueciam com as chamas. Eu morava em uma cabana na extremidade da floresta e estava satisfeito com a vida que levava, até me apaixonar por uma linda garota Munchkin que morava não muito longe.

– Qual era o nome da garota Munchkin? – perguntou Woot.

– Nimmie Amee. Essa garota, tão linda que o pôr do sol corava quando seus raios caíam sobre ela, vivia com uma bruxa poderosa que usava sapatos de prata e tinha feito da pobre criança sua escrava. Nimmie Amee foi obrigada a trabalhar dia e noite para a velha Bruxa do Leste, esfregando e varrendo sua cabana, e cozinhando refeições e lavando os pratos para a mulher. Uma de suas funções era cortar lenha, e um dia eu a encontrei na floresta e me apaixonei. Depois disso, passei a levar madeira para Nimmie Amee e nos tornamos bem próximos.

Finalmente eu a pedi em casamento e ela aceitou, mas a Bruxa ouviu por acaso nossa conversa e isso a deixou muito zangada, pois ela não queria que a escrava fosse tirada dela. A mulher ordenou que nunca mais chegasse perto de Nimmie Amee, mas eu disse a ela que eu era meu próprio mestre e faria somente o que desejasse, não percebendo que esta era uma maneira desajuizada de falar com uma bruxa.

– No dia seguinte, enquanto eu estava cortando lenha na floresta, a cruel Bruxa encantou meu machado, fazendo com que ele escorregasse e cortasse minha perna direita.

– Que horror! – gritou Woot, o Andarilho.

– Sim, foi de fato um infortúnio – concordou o Homem de Lata –, pois um lenhador de uma perna só é de pouca utilidade em sua ocupação. Mas eu não permiti que a Bruxa me derrotasse tão facilmente. Eu conheci um mecânico muito habilidoso no outro lado da floresta, que era meu amigo, e saltei em uma perna até lá e pedi a ele que me ajudasse. O homem logo fez uma perna de estanho para mim e a prendeu habilmente em meu corpo de carne. Ela possuía articulações no joelho e no tornozelo e era quase tão confortável quanto a perna que tinha perdido.

– Seu amigo deve ser um trabalhador muito competente! – exclamou Woot.

– Ele é, de fato – admitiu o imperador.

– Ele era funileiro de profissão e podia fazer qualquer coisa com estanho. Quando voltei para Nimmie Amee, a garota ficou maravilhada, jogou seus braços em volta do meu pescoço e me beijou, declarando que estava orgulhosa de mim. A Bruxa viu o beijo e ficou mais zangada do que antes. No dia seguinte, quando fui trabalhar na floresta, meu machado, ainda estando encantado, escorregou e cortou minha outra perna. Novamente eu pulei, apoiando-me em minha perna de lata, até meu amigo funileiro, que gentilmente fez para mim outra perna de estanho, prendendo-a ao meu corpo. Então, voltei com alegria para Nimmie Amee, que ficou muito satisfeita com minhas pernas brilhantes e prometeu que, quando estivéssemos casados, ela sempre as manteria lubrificadas e polidas. Mas a Bruxa ficou mais furiosa do que nunca, e assim que levantei meu machado para cortar, ele girou e cortou um dos meus braços. O funileiro me fez um braço de lata e eu não estava muito preocupado, porque Nimmie Amee declarou que ainda me amava.

O CORAÇÃO DO HOMEM DE LATA

O imperador dos Winkies fez uma pausa em sua história para pegar uma lata de óleo, com a qual ele cuidadosamente untou as juntas em sua garganta de estanho, pois sua voz tinha começado a ranger um pouco. Woot, o Andarilho, tendo saciado sua fome, assistiu a esse processo de lubrificação com muita curiosidade, mas implorou ao Homem de Lata que continuasse com sua narrativa.

– A Bruxa dos Sapatos de Prata me odiava por tê-la desafiado – retomou o imperador, com sua voz agora soando clara como um sino – e insistiu que Nimmie Amee nunca deveria se casar comigo. Portanto, ela fez o machado encantado cortar meu outro braço, e o funileiro também substituiu esse membro por estanho, incluindo estas mãos bem articuladas que você me vê usando. Mas, infelizmente, depois disso, o machado, ainda encantado pela cruel Bruxa, cortou meu corpo em dois, fazendo com que eu caísse no chão. Em seguida, a Bruxa, que estava assistindo de um arbusto próximo, correu, agarrou o machado e cortou meu corpo em vários pedaços pequenos e depois, pensando que finalmente havia me destruído, fugiu rindo em alegria perversa.

– Mas Nimmie Amee me encontrou, pegou meus braços, minhas pernas e minha cabeça, fez uma trouxa com meus membros e os carregou até o funileiro, que começou a trabalhar fazendo-me um corpo de estanho puro. Quando ele juntou os braços e pernas ao corpo e colocou minha cabeça no pescoço de estanho, me tornei um homem muito melhor, pois meu corpo não poderia doer ou me ferir, e fiquei tão bonito e brilhante que não precisava mais de roupas. Roupa é sempre um incômodo, porque suja e rasga e tem que ser substituída... mas meu corpo de lata só precisa ser oleado e polido.

– Nimmie Amee ainda declarou que se casaria comigo, pois ela ainda me amava, apesar das más ações da Bruxa. A garota afirmou que eu seria o marido mais brilhante em todo o mundo, o que era verdade. No entanto, a Bruxa Má ainda não tinha sido derrotada. Quando voltei para o meu trabalho, o machado escorregou e cortou minha cabeça, que era a única parte carnuda de mim remanescente. Além disso, a velha agarrou minha cabeça decepada e carregou-a com ela para escondê-la, mas Nimmie Amee entrou na floresta e encontrou meu corpo vagando indefeso, porque eu não conseguia ver para onde ir, e me levou até meu amigo funileiro. Meu fiel companheiro decidiu então fazer-me uma cabeça de estanho, e ele tinha recém-terminado quando Nimmie Amee veio correndo com minha velha cabeça, que ela havia roubado da Bruxa.

– Mas, ao refletir, considerei a cabeça de estanho muito superior à de carne. Eu ainda a estou usando, então você pode ver a beleza e graça em seu acabamento, e a garota concordou que um homem todo feito de estanho era muito mais perfeito do que um feito de materiais diferentes. O funileiro ficou tão orgulhoso de seu trabalho tanto quanto eu e, por três dias, todos me admiraram e elogiaram minha beleza.

– Sendo agora completamente feito de estanho, não tive mais medo da Bruxa Má, pois ela era impotente para me ferir. Nimmie Amee disse então que deveríamos nos casar imediatamente, pois assim poderia viver comigo em minha cabana e me manter brilhante e cintilante.

– "Tenho certeza, meu caro Nick", disse a garota linda e corajosa – meu nome era até então Nick Lenhador, você já deve ser ouvido falar. – "Você será o melhor marido que qualquer garota poderia ter. Não serei obrigada a cozinhar para você, já que agora você não come. Não terei que fazer sua cama, pois o estanho não se cansa e nem exige sono. E, quando formos dançar, você não irá se cansar antes de a música parar e dizer que quer ir para casa. O dia inteiro, enquanto você estiver cortando lenha na floresta, eu serei capaz de me divertir à minha maneira, um privilégio que poucas esposas desfrutam. Não há temperamento em sua nova cabeça, então você não irá ficar com bravo comigo. Finalmente, devo ter orgulho de ser a esposa do único homem de lata vivo em todo o mundo!" O que mostra que Nimmie Amee era tão sábia quanto corajosa e bonita.

– Ela deve ser uma garota legal – disse Woot, o Andarilho. – Mas, diga-me, por favor, por que você não morreu quando você foi cortado em pedaços?

– Na Terra de Oz – respondeu o imperador – ninguém pode ser morto. Um homem com uma perna de madeira ou uma perna de lata ainda é o mesmo homem e, como eu perdi partes da minha carne aos poucos, sempre permaneci a mesma pessoa de antes, embora no final eu fosse completamente estanho, sem nada de carne.

– Entendo – disse o menino, pensativo. – E você se casou com Nimmie Amee?

– Não – respondeu o Homem de Lata. – Não me casei. Ela disse que ainda me amava, mas descobri que eu não a amava mais. Meu corpo de estanho não continha coração e sem um ninguém pode amar de verdade. Com isso, a Bruxa Má conseguiu me derrotar e, quando deixei o País dos Munchkins, a pobre garota ainda era escrava da Bruxa, tendo que cumprir suas ordens dia e noite.

– Para onde você foi? – perguntou Woot.

– Bem, primeiramente fui em busca de um coração para que eu pudesse amar Nimmie Amee de novo, mas os corações são mais escassos do que se possa imaginar. Um dia, em uma grande floresta desconhecida para mim, minhas juntas de repente ficaram enferrujadas porque havia me esquecido de oleá-las. E lá fiquei eu, incapaz de mover a mão ou o pé. E permaneci assim enquanto os dias iam e vinham, até Dorothy e o Espantalho virem me resgatar. Eles lubrificaram minhas juntas e me libertaram, e eu passei a tomar cuidado para nunca enferrujar novamente.

– Quem é essa Dorothy? – questionou o errante.

– Uma garotinha que por acaso estava em casa quando esta fora carregada por um ciclone do Kansas até a Terra de Oz. Quando a casa caiu, no País dos Munchkins, felizmente pousou em cima da residência da Bruxa Má, esmagando-a. Era uma casa grande, e acho que a velha mulher ainda está embaixo dela.

– Não – disse o Espantalho, corrigindo-o. – Dorothy disse que a Bruxa se transformou em pó, e o vento espalhou a poeira em todas as direções.

– Bem depois de conhecer o Espantalho e Dorothy, eu fui com eles para a Cidade das Esmeraldas, onde o Mágico de Oz me deu um coração – disse o Homem de Lata. – Mas o estoque de corações do Mágico estava baixo, e ele me deu um coração bondoso em vez de um coração amoroso, e com isso não pude amar Nimmie Amee mais do que quando estava sem coração.

– O Mágico não poderia lhe dar um coração que fosse ao mesmo tempo bondoso e amoroso? – perguntou o menino.

– Não. Foi isso que eu tinha pedido, mas ele disse que corações estavam em escassez naquele momento e que havia apenas um em estoque, e eu poderia ficar com ele ou sem nada. Então eu o aceitei, e devo dizer que é um coração muito bom mesmo.

– Parece-me – disse Woot, pensativo – que o Mágico enganou você. Não tem como este ser um coração bondoso, você deve saber disso.

– Por que não? – exigiu o imperador.

– Porque foi cruel de sua parte abandonar a garota que o amava e que foi fiel e verdadeira quando você estava com problemas. Se o coração que o Mágico lhe deu fosse realmente um bom coração, você teria voltado para casa e feito da bela garota Munchkin sua esposa, e a traria aqui para ser uma imperatriz e viver em seu esplêndido castelo de estanho.

O Homem de Lata ficou tão surpreso com este discurso franco que por um tempo não fez nada além de olhar fixamente para o menino andarilho. Mas o Espantalho balançou a cabeça empalhada e disse em um tom positivo:

– Este rapaz está certo. Muitas vezes me perguntei por que você não voltou e encontrou aquela pobre garota Munchkin.

Então o Homem de Lata olhou fixamente para seu amigo Espantalho e disse em um tom de voz sério:

– Devo admitir que nunca antes passara por minha cabeça encontrar Nimmie Amee e fazê-la imperatriz dos Winkies, mas não é tarde demais, mesmo agora, para fazer isso, pois a moça ainda deve estar viva no País dos Munchkins. E, já que esse estranho multívago me lembrou de Nimmie Amee, eu acredito seja meu dever sair e encontrá-la. Certamente não é culpa dela que eu não a ame mais, e então, se posso fazê-la feliz, é bom que o faça, e desta forma irei recompensá-la por sua fidelidade.

– Muito bem, meu amigo! – concordou o Espantalho.

– Você irá me acompanhar nesta missão? – perguntou o imperador de lata.

– Claro – disse o Espantalho.

– E vocês irão me levar junto? – implorou Woot, o Andarilho, com voz ansiosa.

– Com certeza – disse o Homem de Lata. – Se você quiser se juntar ao nosso grupo. Foi você quem primeiro me disse que era meu dever encontrar e me casar com Nimmie Amee, e eu gostaria que você soubesse que Nick Lenhador, o imperador de estanho dos Winkies, é um homem que nunca foge de seu dever, uma vez que é apontado para ele.

– Será um prazer, bem como um dever, caso a moça seja deveras bonita – disse Woot, satisfeito com a ideia da aventura.

– Coisas bonitas podem ser admiradas, quando não amadas – afirmou o Homem de Lata. – As flores são lindas, por exemplo, mas não somos inclinados a nos casar com elas. Dever, pelo contrário, é um chamado à ação por clarim, quer você esteja inclinado a agir, quer não. Neste caso, eu obedeço ao dever ao toque do clarim.

– Quando devemos começar? – perguntou o Espantalho, que sempre ficava feliz em embarcar em uma nova aventura. – Eu não ouço nenhum clarim, mas quando vamos?

– Assim que nos prepararmos – respondeu o imperador. – Vou chamar meus criados imediatamente e mandá-los fazer os preparativos para nossa jornada.

O DESVIO

Woot, o Andarilho, dormiu aquela noite no castelo do imperador dos Winkies e achou sua cama de estanho bastante confortável. Na manhã seguinte, ele se levantou e decidiu caminhar pelos jardins, onde havia fontes de estanho, canteiros de curiosas flores de estanho e pássaros de estanho empoleirados nos galhos de árvores de estanho cantando canções que pareciam notas de flautas irlandesas. Todas essas maravilhas foram feitas pelos astutos funileiros Winkies, que davam corda nos pássaros todas as manhãs para que eles se movessem e cantassem.

Depois do café da manhã, o menino foi para a sala do trono, onde o imperador estava tendo suas juntas de estanho cuidadosamente untadas por um serviçal, enquanto os outros enchiam o corpo do Espantalho com palha nova e fresca.

Woot observou esta operação com muito interesse, pois o corpo do Espantalho era apenas uma roupa preenchida com palha. O casaco foi bem abotoado pelos criados para manter a palha bem empacotada, e uma corda foi amarrada em torno de sua cintura para dar-lhe forma e evitar que a palha caísse. A cabeça do Espantalho era um saco cheio de farelo, no qual os olhos, nariz e boca tinham sido pintados. Suas mãos eram luvas brancas de algodão recheadas com palha fina. Woot percebeu que mesmo depois de cuidadosamente recheado e de ter ganhado forma, o homem de palha era estranho em seus movimentos e vacilante quando em pé, então o menino se perguntou se o Espantalho seria capaz de viajar com eles até as florestas da região Munchkin de Oz.

Os preparativos feitos para esta importante jornada foram muito simples. Uma mochila cheia de comida foi dada ao rapaz andarilho para que ele carregasse em suas costas, pois a comida seria inteiramente para ele. O Homem de Lata colocou em seu ombro um machado afiado e brilhantemente polido, e o Espantalho colocou a lata de óleo do imperador em seu bolso, para que ele pudesse passar nas juntas de seu amigo, caso precisasse.

– Quem governará o País dos Winkies durante sua ausência? – perguntou o menino.

– Ora, o país se autogovernará – respondeu o imperador. – Na verdade, meu povo não precisa de um imperador, pois Ozma de Oz zela pelo bem-estar de todos os seus súditos, incluindo os Winkies. Como muitos reis e imperadores, tenho um grande título, porém na prática muito pouco poder. Isso me dá tempo para me divertir à minha maneira. O povo de Oz tem apenas uma lei para obedecer, que é "comporte-se!", por isso é fácil que cumpram esta regra, e você notará que todos se comportam muito bem aqui. Mas é hora de partirmos, e estou ansioso para começar porque suponho que aquela pobre moça Munchkin esteja esperando ansiosamente minha chegada.

– Parece que ela já esperou tempo demais – comentou o Espantalho, ao deixarem o terreno do castelo e seguirem um caminho que conduzia para o leste.

– Verdade – respondeu o Homem de Lata. – Mas notei que o último fim de uma espera, por mais longa que tenha sido, é o mais difícil de suportar, então devo tentar fazer Nimmie Amee feliz o mais rápido possível.

– Ah, isso prova que você tem um coração muito bondoso – observou o Espantalho, com aprovação.

– É uma pena que ele não tenha um coração amoroso – disse Woot. – Este Homem de Lata vai se casar com uma garota legal por bondade, e não porque ele a ama, e de alguma forma isso parece certo.

– Mesmo assim, acredito que isso deva ser feito pela garota – disse o Espantalho, que parecia muito inteligente para um homem de palha –, pois um marido amoroso nem sempre é bom, mas um marido gentil certamente deixará qualquer garota contente.

– Nimmie Amee vai se tornar uma imperatriz! – anunciou o Homem de Lata com orgulho. – Vou mandar fazer um vestido de lata para ela, com babados e pregas de estanho, e ela deve ter calçados de estanho, brincos e pulseiras de estanho, e usar uma coroa de estanho na cabeça. Tenho certeza de que isso irá agradar Nimmie Amee, pois todas as mulheres gostam de roupas finas.

– Vamos para o País dos Munchkins pelo caminho da Cidade das Esmeraldas? – perguntou o Espantalho, que olhou para o Homem de Lata como o líder do grupo.

– Acho que não – foi a resposta. – Estamos empenhados em uma aventura um tanto delicada, pois procuramos uma garota que teme que seu antigo amor a tenha esquecido. Devo admitir que será bastante difícil para mim confessar a Nimmie Amee que irei casar-me com ela porque este é meu dever. Portanto, quanto menos testemunhas houver para o nosso encontro, melhor será para nós dois. Depois que encontrar Nimmie Amee, e ela conseguir conter sua alegria por nosso reencontro, devo levá-la à Cidade das Esmeraldas para apresentá-la a Ozma, Dorothy, Betsy Bobbin, à pequena Trote, e a todos os nossos outros amigos. Mas, se bem me lembro, a pobre Nimmie Amee tem uma língua afiada quando está com raiva, e ela pode ficar um pouco irritada comigo no início porque demorei muito tempo para voltar para ela.

– Eu posso entender isso – disse Woot seriamente. – Mas como podemos chegar àquela parte do País dos Munchkins onde você uma vez viveu sem passar pela Cidade das Esmeraldas?

– Ora, isso é fácil – assegurou-lhe o Homem de Lata.

– Tenho um mapa de Oz no bolso – insistiu o menino. – E ele mostra que o País dos Winkies, onde estamos agora, está a oeste de Oz, e o País dos Munchkins, a leste, e entre eles está a Cidade das Esmeraldas.

– É verdade, mas devemos ir para o norte, para o País dos Gillikins, e assim contornar a Cidade das Esmeraldas – explicou o Homem de Lata.

– Essa pode ser uma jornada bastante perigosa – respondeu o garoto. – Eu morava em um dos cantos superiores do País dos Gillikins, perto de Oogaboo, e me disseram que neste país do norte há muitas pessoas que não são agradáveis de conhecer. Tomei muito cuidado para evitá-las durante minha jornada para o sul.

– Um andarilho não deve ter medo – observou o Espantalho, que estava cambaleando de uma forma engraçada, mas mantendo o ritmo de seus amigos.

– O medo não faz de ninguém um covarde – respondeu Woot, ficando um pouco corado –, mas acredito que seja mais fácil evitar o perigo do que enfrentá-lo. A maneira mais segura é sempre a melhor, mesmo para quem é corajoso e determinado.

– Não se preocupe, pois não iremos muito para o norte – disse o imperador. – Minha ideia é evitar a Cidade das Esmeraldas sem sair do nosso caminho mais do que o necessário. Uma vez que desviarmos da Cidade das Esmeraldas, iremos virar para o sul, em direção ao País dos Munchkins, onde eu e o Espantalho conhecemos bem e temos vários amigos.

– Eu já viajei pelo País dos Gillikins – comentou o Espantalho –, e, embora deva dizer que conheci algumas pessoas estranhas por lá, nunca fui prejudicado por elas.

– Bem, por mim tanto faz – disse Woot, com despreocupação assumida. – Perigos, quando não podem ser evitados, são frequentemente interessantes, e estou disposto a ir aonde vocês dois se aventurarem.

Então, eles deixaram o caminho que vinham seguindo e começaram a viajar em direção ao nordeste, e durante todo aquele dia eles caminharam pelo agradável País dos Winkies, e todas as pessoas que conheciam saudaram o imperador com grande respeito e desejaram-lhe boa sorte em sua jornada. À noite, eles pararam em uma casa onde foram bem entretidos e Woot recebeu uma cama confortável para dormir.

– Se estivéssemos somente eu e o Espantalho – disse o Homem de Lata –, viajaríamos noite e dia, mas com uma pessoa de carne em nosso grupo, devemos parar à noite para permitir que ele descanse.

– Quem é feito de carne cansa depois de um dia de viagem – acrescentou o Espantalho –, enquanto palha e lata nunca se cansam, o que prova – disse ele – que somos um tanto superiores às pessoas feitas da maneira comum.

Woot não pôde negar que estava cansado e dormiu profundamente até de manhã, quando ele recebeu um bom café da manhã, bem quentinho.

– Vocês dois perdem muito por não comerem – disse ele a seus dois companheiros.

– É verdade – respondeu o Espantalho. – Sentimos falta de sofrer de fome quando o alimento não pode ser obtido, e também sentimos falta da dor de estômago, de vez em quando.

Ao dizer isso, o Espantalho olhou para o Homem de Lata, que assentiu com a cabeça.

Durante todo aquele segundo dia, eles viajaram de forma constante, entretendo uns aos outros com histórias de aventuras que ouviram anteriormente e prestando atenção aos recitais de poesia do Espantalho. Ele tinha aprendido muitos poemas com Professor M.A. Besourão e adorava repeti-los sempre que alguém se dispunha a ouvi-lo. Claro que Woot e o Homem de Lata agora ouviam porque não podiam evitar, a menos que tentassem fugir rudemente de seu camarada empalhado. Uma das declamações era assim:

> *Existe som mais amigo*
> *Que o da palha do trigo?*
> *Recém-colhida, com seu frescor*
> *Amarelada e brilhante,*
> *Sinto como é crocante*
> *Aonde quer que eu for.*

L. Frank Baum

Palha doce, fresca e dourada
Agora não me falta mais nada!
Meu recheio não é mero mato
Ele range quando falo
E ressoa quando me calo
Sua fragrância é ótima, de fato.

Ninguém pode me machucar,
Pois não tenho sangue para esguichar,
Não sinto dor alguma.
A palha que me dá forma
Não amontoa ou se transforma
E quando a troco, sinto-me uma pluma.

Não quero que se esqueça,
O que falam de minha cabeça:
Dizem que meu cérebro é só trigo e farelo.
Mas meus pensamentos são tão coerentes
Que deixam todos contentes
Por isso jamais trocaria meu cérebro singelo.

Contente com minha vida,
Fico feliz pela palha colhida
Vivo um dia de cada vez.
Se minhas entranhas ficarem mofadas,
Bagunçadas ou empoeiradas,
Recheio-me novamente com rapidez.

OS CIDADÃOS DE GASÓPOLIS

    Ao anoitecer, os viajantes descobriram que não havia mais um caminho para guiá-los, e os tons roxos da grama e das árvores os avisaram de que estavam agora no País dos Gillikins, onde povos estranhos residiam em lugares que eram totalmente desconhecidos para os outros habitantes de Oz. Os campos eram selvagens e não cultivados e não havia casas de qualquer tipo para serem vistas, mas nossos amigos continuaram andando mesmo depois que o sol se pôs, na esperança de encontrar um bom lugar para Woot dormir, porém quando ficou bastante escuro e o menino se cansou de sua longa caminhada, e eles pararam bem no meio de um campo e permitiram que o rapaz obtivesse seu jantar com a comida que carregava em sua mochila.

    Então o Espantalho se deitou, para que Woot pudesse usar seu corpo empalhado como travesseiro, e o Homem de Lata ficou ao lado deles a noite toda para que a umidade do solo não pudesse enferrujar suas juntas ou embaçar seu polimento brilhante. Sempre que o orvalho tocava seu corpo, ele o limpava cuidadosamente com um pano, e pela manhã o imperador brilhava mais forte do que nunca com os raios do sol nascente.

Eles acordaram o menino ao amanhecer, com o Espantalho dizendo a ele:

– Nós descobrimos algo estranho e, portanto, devemos discutir sobre o que fazer a respeito.

– O que vocês descobriram? – perguntou Woot, esfregando seus olhos sonolentos com os nós dos dedos e bocejando amplamente três vezes para provar que estava totalmente acordado.

– Um aviso – disse o Homem de Lata. – Um aviso e outro trajeto.

– O que o aviso diz? – perguntou o menino.

– Ele diz que "Todos os estranhos são advertidos a não seguirem este Caminho para Gasópolis" – respondeu o Espantalho, que podia ler muito bem com seus olhos recém-pintados.

– Nesse caso – disse o menino, abrindo sua mochila para tomar o café da manhã – vamos viajar em alguma outra direção.

Mas isso não pareceu agradar a nenhum de seus companheiros.

– Eu gostaria de ver como é a aparência de Gasópolis – comentou o Homem de Lata.

– Quando se viaja, é tolice perder qualquer vista interessante – acrescentou o Espantalho.

– Mas um aviso significa perigo – protestou Woot, o Andarilho. – E acredito que seja sensato nos mantermos longe dos perigos sempre que pudermos.

Eles não responderam a este discurso durante algum tempo. Então o Espantalho disse:

– Eu já escapei de tantos perigos, durante minha vida, que não tenho mais medo de qualquer coisa que possa acontecer.

– Eu também! – exclamou o Homem de Lata, balançando seu machado brilhante em torno de sua cabeça de estanho, em movimentos circulares. – Poucas coisas podem ferir o estanho, e meu machado é uma arma poderosa para usar contra um inimigo. Mas nosso amigo – continuou ele, olhando solenemente para Woot – talvez seja ferido se o povo de Gasópolis for realmente perigoso, então proponho que ele espere aqui enquanto eu e você, amigo Espantalho, visitamos a cidade proibida de Gasópolis.

– Não se preocupem comigo – aconselhou Woot, calmamente.

– Onde quer que vocês queiram ir, eu irei junto e compartilharei de seus perigos. Durante minhas andanças, descobri que é mais sábio se manter longe do perigo do que se aventurar, mas naquele tempo eu estava sozinho, agora eu tenho dois amigos poderosos para me proteger.

Então, quando ele terminou seu café da manhã, todos se aprontaram para seguir viagem até o caminho que levava a Gasópolis.

– É um lugar do qual nunca tinha ouvido falar – o Espantalho observou, ao se aproximarem de uma floresta densa. – Os habitantes podem ser pessoas, de algum tipo, ou podem ser animais, mas seja o que for que se provem ser, teremos uma história interessante para contar a Dorothy e Ozma em nosso retorno.

Embora houvesse uma estrada na floresta, as grandes árvores cresceram tão próximas, e as vinhas e os arbustos eram tão espessos e emaranhados, que o trio teve que abrir caminho a cada passo para prosseguir. Em um ou dois lugares, o Homem de Lata, que vinha na frente, teve de cortar alguns ramos com golpes de seu machado. Woot veio em seguida, e por último o Espantalho, que não teria conseguido atravessar o matagal se seus camaradas não tivessem limpado o caminho para o seu corpo de palha.

Logo o Homem de Lata teve de cortar arbustos mais grossos e seu esforço quase o fez cair de cabeça em um vasto espaço aberto na floresta. O lugar era circular, grande e espaçoso, mas os ramos superiores das árvores altas se estendiam e formavam uma cúpula completa, como uma espécie de telhado. Estranhamente, não estava escuro nesta imensa câmara natural na floresta, pois o lugar brilhava com uma luz branca e suave que parecia vir de alguma fonte invisível.

Na câmara, estavam agrupadas dezenas de criaturas, e estas espantaram tanto o Homem de Lata que Woot teve de empurrar seu corpo metálico para o lado a fim de ver o que estava acontecendo. Em seguida, o Espantalho empurrou Woot para o lado, e os três viajantes ficaram enfileirados, encarando-as fixamente.

As criaturas que eles viram eram redondas e pareciam bolas. Elas eram arredondadas no corpo, nas pernas, nos braços, nas mãos, nos pés e na cabeça. A única exceção ao arredondamento era uma pequena cavidade no topo de suas cabeças, que as deixava com um formato de tigela em vez de cúpula. Elas não usavam roupas em seus corpos inchados, nem tinham cabelo. Suas peles eram todas cinza-claro, e seus olhos eram meros pontos roxos. Seus narizes eram tão inchados quanto todo o resto.

– Será que eles são de borracha? – perguntou o Espantalho, que percebeu que as criaturas saltavam enquanto se moviam, parecendo quase tão leves quanto o ar.

– É difícil deduzir o que seriam estes seres – respondeu Woot –, eles parecem estar cobertos de verrugas.

Os Gasos, assim eram chamados, estavam fazendo de tudo, alguns tocavam instrumentos em grupo, outros cumpriam tarefas, e havia aqueles que estavam reunidos em grupos para conversar. Mas ao som de vozes estranhas, que ecoaram bastante ruidosamente através da clareira, todos voltaram sua atenção na direção dos intrusos. Então, de uma só vez, todos se projetaram para a frente, correndo e saltando com tremenda rapidez.

O Homem de Lata ficou tão surpreso com essa aglomeração repentina que não teve tempo de levantar seu machado antes de os Gasos estarem sobre eles. As criaturas balançavam suas mãos inchadas, que pareciam luvas de boxe, e batiam nos três viajantes tão forte quanto podiam, por todos os lados. Os golpes eram bastante suaves e não machucaram nossos amigos, mas o ataque os confundiu bastante, de modo que, em um breve período, os três foram derrubados. Uma vez caídos, vários dos Gasos os seguraram para evitar que se levantassem novamente, enquanto outros enrolavam longos ramos de videiras em volta deles, ligando seus braços e pernas em seus corpos para deixá-los impotentes.

– Ahá! – gritou o maior Gaso de todos. – Nós os pegamos. Vamos levá-los para Rei Balão para serem julgados, condenados e perfurados!

Eles tiveram que arrastar seus cativos para o centro da câmara abobadada, pois seu peso, em comparação ao dos Gasos, impedia que fossem carregados. Até o Espantalho era muito mais pesado do que os Gasos inchados. Finalmente o grupo parou diante de uma plataforma elevada, na qual havia uma espécie de trono, que consistia em uma cadeira grande e larga com uma corda amarrada a um de seus braços que subia para o telhado da cúpula.

Dispostos diante da plataforma, os prisioneiros foram autorizados a se sentar de frente para o trono vazio.

– Ótimo! – disse o grande Gaso que havia comandado a escolta. – Agora deixem que o Rei Balão julgue estas terríveis criaturas que capturamos com tanta bravura.

Enquanto falava, ele pegou a corda e começou a puxar o mais forte que podia. Um ou dois dos outros o ajudaram e, em pouco tempo, enquanto puxavam, as folhas acima deles se separaram e um Gaso apareceu na outra ponta da corda. Não demorou muito para que ele fosse puxado até o trono, então ele se sentou e foi amarrado, para que ele não flutuasse novamente.

– Olá – disse o rei, piscando seus olhos roxos para seus seguidores. – O que houve?

– Intrusos, Vossa Majestade, intrusos e cativos – respondeu o grande Gaso pomposamente.

– Minha nossa! Eu os vejo... eu os vejo muito claramente – exclamou o rei, com seus olhos roxos esbugalhados, enquanto olhava para os três prisioneiros. – Que animais curiosos! Você acha que eles são perigosos, meu caro Pantalona?

– Acredito que sim, Majestade. Claro, pode ser que eles não sejam perigosos, mas não podemos arriscar. Já aconteceram acidentes o suficiente com nossos pobres Gasos, e meu conselho é condená-los e perfurá-los o mais rápido possível.

– Guarde seus conselhos para si – disse o monarca, em um tom irritado. – Quem é o rei aqui, afinal? Eu ou você?

– Nós o tornamos nosso rei porque de todos é o que tem menos bom senso – respondeu Pantalona, indignado. – Eu poderia ter sido rei, se quisesse, mas não me interessei pelo trabalho duro e pelas responsabilidades.

Enquanto dizia isso, o grande Gaso se pavoneava para a frente e para trás no espaço entre o trono do Rei Balão e os prisioneiros, e os outros

Gasos pareciam muito impressionados com sua ousadia. Mas, de repente, houve um forte estrondo e Pantalona desapareceu instantaneamente, para o grande espanto do Espantalho, do Homem de Lata e de Woot, o Andarilho, que viram no local onde o grandalhão estava uma pequena pilha de pele flácida e enrugada, parecendo um balão de borracha murcho.

– Vejam só! – exclamou o rei. – Já era esperado que isso acontecesse. O patife vaidoso quis se inflar até ficar maior do que o resto de vocês, e este é o resultado de sua loucura. Alguns de vocês, façam a bomba funcionar e encham-no novamente!

– Teremos que consertar o furo primeiro, Vossa Majestade – sugeriu um dos Gasos, e os prisioneiros notaram que nenhum deles parecia surpreso ou chocado com o triste incidente com Pantalona.

– Tudo bem – resmungou o rei. – Chamem Pelota para consertá-lo.

Um ou dois partiram e logo retornaram, seguidos por uma senhora Gaso vestindo uma saia de borracha enorme e bufante. Além disso, ela tinha uma pena roxa presa a uma verruga no topo da cabeça, e em torno de sua cintura estava um cinturão de videiras semelhantes a fibras, secas e duras, que pareciam cordas.

– Faça o que sabe, Pelota – ordenou o Rei Balão. – Pantalona simplesmente explodiu.

A senhora Gaso pegou o monte de pele e examinou-o cuidadosamente, até que encontrou um buraco em um dos pés. Em seguida, ela puxou um fio de corda de seu cinturão e juntou as bordas do buraco. Ela as amarrou rapidamente com o barbante, formando assim uma daquelas verrugas curiosas que os estranhos haviam notado em tantos Gasos. Tendo feito isso, Pelota jogou o pedaço de pele para os outros Gasos e estava prestes a ir embora, quando percebeu a presença dos prisioneiros e parou para inspecioná-los.

– Minha nossa! – disse Pelota. – Que criaturas terríveis! De onde elas vieram?

– Nós as capturamos – respondeu um dos Gasos.

– E o que vamos fazer com elas? – perguntou a mulher.

– Talvez possamos condená-las e perfurá-las – respondeu o rei.

– Bem – disse ela, ainda olhando para o trio –, eu não tenho certeza se elas são perfuráveis. Vamos fazer um teste para ver o que acontece.

Então um dos Gasos correu para a floresta e rapidamente voltou com um espinho longo e afiado. Ele olhou para o rei, que acenou com a cabeça em concordância, e correu para enfiar o espinho na perna do Espantalho. O homem de palha apenas sorriu e nada disse, pois o espinho não o machucara em nada.

Então o Gaso tentou picar a perna do Homem de Lata, mas o estanho apenas embotou a ponta do espinho.

– Bem como pensei – disse Pelota, piscando seus olhos roxos e balançando a cabeça inchada, e então o Gaso enfiou o espinho na perna de Woot, o Andarilho. Embora estivesse um pouco embotado, ainda era afiado o suficiente para doer.

– Ai! – gritou Woot, chutando a perna com tanta energia que as frágeis amarras que o prendiam estouraram.

Seu pé pegou em cheio no estômago do Gaso, que estava inclinado sobre ele, mandando-o pelos ares. Quando o homem chegou a uma certa altura, bem acima de suas cabeças, ele explodiu fazendo um "pop" bem alto e sua pele caiu no solo.

– Eu realmente acredito – disse o rei, rolando seus olhos de forma assustada – que Pantalona estava certo ao suspeitar que esses prisioneiros eram perigosos. A bomba está pronta?

Alguns dos Gasos empurraram uma grande máquina até a frente do trono, pegaram a pele de Pantalona e começaram a bombear ar nela. Lentamente, o homem cresceu, até que o rei gritou:

– Pare!

– Não, não! – gritou Pantalona. – Ainda não estou grande o suficiente.

– Você vai ficar exatamente do tamanho que está – declarou o rei. – Antes de explodir, você era maior do que o resto de nós, e isso o deixou orgulhoso e arrogante. Agora você está um pouco menor que o resto, e isso irá fazer com que dure mais e seja mais humilde.

– Bombeiem-me! Bombeiem-me! – implorou Pantalona. – Se não fizerem isso, irão partir meu coração.

– Se o fizermos, partiremos sua pele – respondeu o rei.

Então, os Gasos pararam de bombear ar para Pantalona e o empurraram para longe da bomba. Ele estava certamente mais humilde do que antes de seu incidente, pois se arrastou para os fundos e não disse mais nada.

– Agora encha o outro – ordenou o rei.

Neste momento, Pelota já o havia costurado, e os Gasos começaram a trabalhar para bombeá-lo com ar.

Durante estes últimos momentos, ninguém prestou muita atenção nos prisioneiros, então Woot, estando com suas pernas livres, rastejou até o Homem de Lata e esfregou as amarras que ainda estavam em torno de seus braços e corpo contra a ponta afiada do machado, e rapidamente as cortou. O menino estava agora livre, e o espinho que o Gaso tinha enfiado em sua perna encontrava-se onde a criatura tinha deixado cair quando explodiu. Woot se inclinou para a frente para pegá-lo enquanto os Gasos estavam ocupados observando a bomba. Então o menino ficou de pé e de repente correu sobre o grupo.

"Pop!" "Pop!" "Pop!"

Foram três dos Gasos quando o Andarilho os picou com seu espinho e, com os barulhos que ouviram, os outros perceberam o perigo. Com gritos de medo, eles fugiram em todas as direções, espalhando-se pela clareira, com Woot, o Andarilho, em plena perseguição. Embora pudessem correr muito mais rápido do que o menino, eles muitas vezes tropeçavam e caíam, ou entravam no caminho um do outro, e então o rapaz conseguiu pegar vários e picá-los com seu espinho.

O jovem nômade ficou surpreso ao ver a facilidade com que os Gasos explodiam e que o ar era completamente liberado, deixando-os bastante indefesos. Pelota foi um dos que correu contra seu espinho, e muitos outros sofreram o mesmo destino. As criaturas não conseguiram escapar da emboscada, mas, apavorados, muitos saltaram agarrando-se aos galhos das árvores para sair do alcance do temido espinho. Woot estava ficando cansado de persegui-los, então parou e veio, ofegante, para onde seus amigos estavam sentados, ainda amarrados.

– Muito bem, meu amigo andarilho – disse o Homem de Lata. – É evidente que não precisamos mais temer essas criaturas infladas, então seja gentil e desamarre-nos para que possamos prosseguir com nossa jornada.

Woot tirou as amarras do Espantalho e o ajudou com seus pés. Então ele libertou o Homem de Lata, que se levantou sem ajuda. Olhando ao redor, eles viram que apenas o Gaso que permaneceu ileso foi Balão, o rei, que havia permanecido sentado em seu trono, observando a punição de seu povo com um olhar perplexo em seus olhos roxos.

– Devo perfurar o rei? – o menino perguntou a seus companheiros.

Rei Balão deve ter ouvido a pergunta, pois ele atrapalhou-se com a corda que o prendia ao trono, mas conseguiu se libertar. Então ele flutuou para cima até alcançar a cúpula frondosa e, separando os galhos, desapareceu de vista. Porém, a corda que fora amarrada ao seu corpo ainda estava presa ao braço do trono, e eles sabiam que poderiam derrubar Sua Majestade novamente, se quisessem.

– Deixe-o em paz – sugeriu o Espantalho.

– Ele parece um rei bom o suficiente para seu povo peculiar e, depois de partirmos, os Gasos terão muito trabalho para bombear todos aqueles que Woot perfurou.

– Cada um deles mereceu ser explodido – declarou Woot, que estava com raiva porque sua perna ainda doía.

– Não – disse o Homem de Lata. – Isso não seria justo. Eles estavam certos em nos capturar, porque nós não tínhamos que nos intrometer aqui, já que havia um aviso para ficarmos longe de Gasópolis. Este é o país deles, não nosso, e uma vez que os pobres não podem sair da clareira, não irão prejudicar ninguém, exceto aqueles que ousarem se aventurar aqui por curiosidade, como nós fizemos.

– Muito bem dito, meu amigo – concordou o Espantalho. – Nós realmente não tínhamos o direito de perturbar sua paz e conforto, então vamos embora.

Eles facilmente encontraram o lugar onde haviam forçado seu caminho para o recinto, então o Homem de Lata pôs para o lado a vegetação rasteira e foi na frente ao longo do caminho. O Espantalho veio em seguida, e por último veio Woot, que olhou para trás e viu que os Gasos ainda estavam empoleirados nas árvores, observando seus antigos cativos com olhos assustados.

– Eu acho que eles estão felizes com nossa partida – comentou o menino e, rindo do final feliz de sua aventura, seguiu seus companheiros ao longo do caminho.

SRA. YOOP, A GIGANTE

Assim que alcançaram o fim da trilha, eles avistaram novamente a placa de aviso e partiram para o leste. Em pouco tempo, os três chegaram aos Terrenos Sinuosos, que eram uma sucessão de colinas e vales onde havia constantes subidas e descidas. Sua jornada agora se tornara tediosa, pois, ao subir cada colina, o trio não encontrava nada diante deles vale abaixo, exceto grama, ervas daninhas ou pedras.

Eles subiram e desceram por horas, sem nada para aliviar a monotonia da paisagem, até que finalmente, quando chegaram ao topo de uma colina mais alta do que o normal, descobriram um vale em forma de xícara, em cujo centro havia um enorme castelo construído em pedra roxa. O castelo era alto e amplo, mas não havia torres ou torreões. Assim que conseguiram ver mais de perto, perceberam que havia apenas uma pequena janela e uma grande porta em cada lado da enorme construção.

– Isto é estranho! – desabafou o Espantalho. – Eu não fazia ideia de que um castelo tão grande existia neste País dos Gillikins. Quem será que mora aqui?

– Parece-me, a esta distância – comentou o Homem de Lata –, que é o maior castelo que já vi. É realmente muito grande para qualquer uso e ninguém poderia abrir ou fechar aquelas portas gigantescas sem uma escada.

– Talvez, se chegarmos mais perto, possamos descobrir se alguém mora lá ou não – sugeriu Woot. – Para mim, o lugar aparenta estar vazio.

Eles seguiram em frente e, quando chegaram ao centro do vale, onde ficava o grande castelo de pedra, tinha começado a escurecer. Então os três viajantes hesitaram sobre o que fazer.

– Se pessoas amigáveis morarem aqui – disse Woot –, ficarei feliz com uma cama, mas caso sejam novos inimigos, prefiro dormir no chão.

– E se ninguém morar aqui – acrescentou o Espantalho –, podemos entrar e tomar posse do lugar para nos acomodarmos.

Enquanto falava, ele se aproximou de uma das grandes portas, que eram três vezes mais altas e largas do que qualquer outra que ele já tinha visto em uma casa, e então ele viu, gravadas em letras grandes em uma pedra sobre a porta, as palavras:

"CASTELO YOOP"

– Ohh! – ele exclamou. – Estou reconhecendo o lugar agora. Esta era provavelmente a casa do Sr. Yoop, um gigante terrível que eu vi confinado em uma gaiola, muito longe daqui. Portanto, é provável que este castelo esteja vazio e possamos usá-lo da maneira que quisermos.

– Sim, sim – disse o imperador de estanho, assentindo. – Eu também me lembro do Sr. Yoop. Mas como vamos entrar em seu castelo deserto? A trava da porta está muito acima de nossas cabeças. Certamente, nenhum de nós poderá alcançá-la.

Eles consideraram esse problema por um tempo, e então Woot disse ao Homem de Lata:

– Se eu subir sobre seus ombros, acho que posso destrancar a porta.

– Suba, então – foi a resposta, e quando o menino se empoleirou sobre os ombros de estanho de Nick Lenhador, ele foi capaz de alcançar a trava e levantá-la.

O Homem de Lata de Oz

Imediatamente a porta se abriu, com suas grandes dobradiças fazendo um gemido como se estivesse protestando, então Woot saltou e seguiu seus companheiros por um grande corredor vazio. Os três mal estavam lá dentro, quando ouviram a porta bater atrás deles, surpreendendo-os. Ninguém havia tocado nela, tinha fechado por conta própria, como num passe de mágica. Além disso, a trava estava do lado de fora, e o pensamento de que agora eram prisioneiros neste castelo desconhecido ocorreu a cada um deles.

– De qualquer forma – murmurou o Espantalho –, não devemos nos culpar pelo que não pode ser evitado, então vamos seguir em frente bravamente e ver o que há para ser visto.

Estava bastante escuro no corredor agora que a porta se fechara, então eles foram tropeçando ao longo de uma passagem de pedra que os manteve unidos sem saber que um perigo provavelmente se abateria sobre eles.

De repente, um brilho suave os envolveu. Ele foi aumentando progressivamente até que pudessem ver seus arredores distintamente. Os viajantes tinham chegado ao final da passagem e diante deles havia outra porta enorme, que silenciosamente abriu-se sem a ajuda de ninguém e, atrás dela, havia uma grande câmara, com as paredes revestidas com placas de ouro puro, altamente polido.

Esta sala também estava iluminada, embora eles não tivessem visto nenhuma lâmpada no local e, no centro dela, havia uma mulher imensa sentada a uma grande mesa. Ela estava trajada com um vestido longo prateado bordado com uma estampa floral alegre, e vestia sobre esta esplêndida vestimenta um avental curto de rendas elaboradas. Esse avental não era usado para proteção, tampouco estava de acordo com o vestido bonito, mas a mulher enorme o usava de qualquer forma. Na mesa em que ela estava, foi estendida uma toalha de mesa branca e pratos de ouro sobre ela, de modo que os viajantes perceberam que haviam surpreendido a Gigante enquanto ela jantava.

Ela estava de costas para eles e nem mesmo se virou, mas pegando um biscoito de um prato e passando manteiga nele, ela disse com uma voz que era grave e profunda, mas não necessariamente desagradável:

– Por que vocês não entram e permitam que a porta se feche? Vocês estão causando uma corrente de ar. Vou acabar espirrando e pegando um resfriado. Quando espirro, fico zangada, e quando fico zangada, tenho a tendência de fazer algo perverso. Entrem, estranhos tolos. Entrem!

Depois dessa ameaça, eles entraram na sala e se aproximaram da mesa até pararem onde enfrentaram a grande Gigante cara a cara. Ela continuou comendo, mas sorriu de uma maneira curiosa ao olhar para eles. Woot notou que a porta se fechou silenciosamente depois que eles entraram, e isso não o agradou em nada.

– Bem... – disse a Gigante. – Qual é a desculpa que vocês irão me dar?

– Não sabíamos que aqui morava alguém, senhora – o Espantalho explicou. – Então, sendo viajantes e estranhos nestas terras, e desejando encontrar um lugar para o nosso amigo menino dormir, aventuramo-nos a entrar em seu castelo.

– Suponho que vocês sabem que esta é uma propriedade privada, certo? – disse ela, passando manteiga em outro biscoito.

– Vimos as palavras "Castelo Yoop" sobre a porta, mas sabíamos que o Sr. Yoop está preso em uma gaiola em um lugar da terra de Oz, então presumimos que não havia ninguém em casa e que poderíamos usar o castelo para passarmos a noite.

– Entendo – comentou a Gigante, acenando com a cabeça e sorrindo novamente daquele jeito curioso, um jeito que fez Woot estremecer. – Vocês não sabiam que o Sr. Yoop era casado, e que, depois que ele foi cruelmente capturado, sua esposa ainda vivia em seu castelo e o administrava conforme sua vontade.

– Quem capturou o Sr. Yoop? – perguntou Woot, olhando seriamente para a grande mulher.

– Inimigos perversos. Pessoas que se opuseram egoistamente a Yoop levar suas vacas e ovelhas para se alimentar. Devo admitir, no entanto, que Yoop tinha um temperamento ruim, e tinha o hábito de derrubar algumas casas, de vez em quando, quando estava com raiva. Então, um dia, os pequeninos vieram em uma grande multidão e capturaram o Sr. Yoop, levando-o embora para uma gaiola em algum lugar nas montanhas. Eu não sei onde ele está, e pouco me importo, porque meu marido me tratou mal algumas vezes, esquecendo o respeito que um gigante deve ter por sua esposa. Muitas vezes ele me chutou nas canelas, quando eu não esperava por ele. Então, estou feliz que ele se foi.

– Que bom que as pessoas não capturaram você também – comentou Woot.

– Bem, eu era muito inteligente para eles – disse ela, dando uma risada repentina e causando uma brisa tão forte que o Espantalho quase caiu no chão, tendo que se agarrar em seu amigo Nick Lenhador para se firmar.

– Eu vi as pessoas surgindo – continuou a Sra. Yoop – e, sabendo que planejavam alguma travessura, eu me transformei em um rato e me escondi em um armário. Depois que eles foram embora, carregando meu marido chutador de canelas com eles, eu me transformei de volta em minha forma anterior, e aqui tenho tido paz e conforto desde então.

– Você é uma bruxa, então? – perguntou Woot.

– Bem, não exatamente uma bruxa – respondeu ela. – Sou uma Artista de Transformações. Em outras palavras, estou mais para uma Yookoohoo do que uma Bruxa, e é claro que vocês sabem que os Yookoohoos são os mais astutos na arte da magia em todo o mundo.

Os viajantes ficaram em silêncio por um tempo, inquietos, considerando esta declaração e o efeito que ela poderia ter em seu futuro. Sem dúvida, a Gigante tinha intenções de fazê-los seus prisioneiros; mas ela falava com tanto entusiasmo, com sua grave voz, que até agora eles não tinham ficado alarmados.

Aos poucos, o Espantalho, cujo cérebro feito de vários materiais trabalhava constantemente, perguntou à mulher:

– Devemos considerá-la nossa amiga, Sra. Yoop, ou você pretende ser nossa inimiga?

– Eu nunca tive amigos – disse ela em um tom casual –, porque os amigos ficam muito amistosos e sempre se esquecem de cuidar da própria vida. Mas eu não sou sua inimiga. Ainda não. Na verdade, estou feliz que tenham vindo, pois minha vida aqui é bastante solitária. Eu não tive ninguém para conversar desde que transformei Policromia, a filha do Arco-íris, em um canário.

– Como você conseguiu fazer isso? – perguntou o Homem de Lata, espantado. – Policromia é uma poderosa fada!

– Ela era – disse a Gigante. – Mas agora ela é um canário. Um dia, depois de uma chuva, Policromia dançou fora do Arco-íris e adormeceu em um pequeno monte neste vale, não muito longe do meu castelo. O sol saiu e levou consigo o Arco-íris e, antes que Policromia acordasse, eu a roubei e a transformei em um canário, colocando-a em uma gaiola de ouro cravejada de diamantes. A jaula foi feita de forma que ela não pudesse voar para longe. Eu esperava que ela cantasse e conversasse comigo, assim teríamos bons momentos juntas, mas ela provou não ser uma boa companhia. Desde o instante em que se transformou, ela se recusou a falar uma única palavra.

– Onde ela está agora? – perguntou Woot, que tinha ouvido histórias sobre a adorável Policromia e estava muito interessado nela.

– A gaiola está pendurada no meu quarto – disse a Gigante, comendo outro biscoito.

Os viajantes ficaram agora inquietos e mais desconfiados da enorme mulher. Se Policromia, a filha do Arco-íris, que era uma fada de verdade, fora transformada e escravizada por esta mulher de proporções gigantescas, que afirmava ser uma Yookoohoo, o que era passível de acontecer com eles?

Torcendo sua cabeça recheada na direção da Sra. Yoop, o Espantalho disse:

– Senhora, você sabe quem nós somos?

– Claro! – disse ela. – Um espantalho, um homem de lata e um menino.

– Somos pessoas muito importantes – declarou o Homem de Lata.

– Melhor ainda – respondeu ela. – Vou aproveitar mais ainda essa parceria. Pois pretendo manter vocês aqui enquanto eu viver para me divertirem quando eu me sentir solitária. E – ela acrescentou lentamente – neste vale ninguém nunca morre.

Eles não gostaram nem um pouco do discurso, então o Espantalho franziu a testa de uma forma que fez a Sra. Yoop sorrir, enquanto o Homem de Lata parecia tão feroz que fez a Sra. Yoop gargalhar. O Espantalho, prevendo sua risada, deslizou para trás de seus amigos para escapar do vento de sua respiração. Desta posição segura, ele disse em advertência:

– Temos amigos poderosos que logo chegarão para nos resgatar.

– Deixem-nos vir – ela respondeu, com um tom de desprezo. – Quando eles chegarem aqui, não encontrarão nem um menino, nem um homem de lata, nem um espantalho, pois amanhã de manhã pretendo transformar todos vocês em outras formas, para que não possam ser reconhecidos.

A ameaça os deixou consternados. A Gigante bem-humorada era mais terrível do que eles imaginavam. Ela poderia sorrir e vestir roupas bonitas e ao mesmo tempo ser ainda mais cruel do que seu marido perverso tinha sido. Tanto o Espantalho quanto o Homem de Lata tentaram pensar em alguma maneira de escapar do castelo antes do amanhecer, mas ela, que parecia ler seus pensamentos, balançou a cabeça.

– Não preocupem seus pobres cérebros – disse ela. – Vocês não podem escapar de mim, por mais que tentem. Mas por que vocês desejariam escapar? Vou dar-lhe novas formas que serão muito melhores do que as que vocês têm agora. Fiquem satisfeitos com seu destino, pois o descontentamento leva à infelicidade, e a infelicidade, em qualquer forma, é o maior mal que pode cair sobre vocês.

– Que formas você pretende nos dar? – perguntou Woot, sinceramente.

– Eu ainda não decidi. Vou sonhar com isso esta noite, então pela manhã eu terei decidido no que transformar vocês. Será que não preferem escolher suas próprias aparências?

– Não – disse Woot. – Prefiro permanecer como sou.

– Isso é engraçado – ela respondeu. – Você é pequeno, e é fraco. Desse jeito que está você não conta muito. A melhor coisa sobre você é estar vivo, pois serei capaz de transformá-lo em algum tipo de criatura que será uma grande melhoria em sua forma atual.

Ela pegou outro biscoito de um prato e, mergulhando-o em uma panela de mel, calmamente começou a comê-lo. O Espantalho a observou, pensativo.

– Não há campos de grãos em seu vale – disse ele. – Então onde você consegue a farinha para fazer seus biscoitos?

– Minha nossa! Você acha que eu me daria ao trabalho de fazer biscoitos sem farinha? – ela respondeu. – Esse é um processo muito tedioso para uma Yookoohoo. Eu coloquei algumas armadilhas espalhadas esta tarde e peguei muitos ratos-do-campo, mas como não gosto de comer ratos, eu os transformei em gostosos biscoitos para o meu jantar. O mel neste pote já foi um ninho de vespa, mas, desde que fora transformado, tornou-se doce e delicioso. Tudo que preciso fazer, quando quiser comer, é pegar algo que não quero guardar e transformar em qualquer tipo de comida que eu goste de comer. Estão com fome?

– Eu não como, obrigado – disse o Espantalho.

– Nem eu – disse o Homem de Lata.

– Eu ainda tenho um pouco de comida natural na minha mochila – disse Woot, o Andarilho. – E prefiro comer isso a qualquer ninho de vespa.

– Cada um com seus gostos – disse a Gigante sem se importar, e tendo agora terminado seu jantar, ela se levantou, bateu palmas, e a mesa de jantar imediatamente desapareceu.

A MAGIA DE UMA YOOKOOHOO

Woot tinha visto muito pouco de magia durante suas andanças, enquanto o Espantalho e o Homem de Lata viram muitos tipos em suas vidas, mas os três ficaram muito impressionados com os poderes da Sra. Yoop. Ela não criou nenhum efeito misterioso do ar ou se entregou a cânticos ou ritos místicos, como a maioria das bruxas fazem, nem era velha, desagradável ou feia em sua aparência ou jeito de ser. No entanto, ela assustou mais seus prisioneiros do que qualquer bruxa poderia ter feito.

– Por favor, sentem-se – ela disse, enquanto se sentava em uma grande poltrona e espalhava a barra de seu belo vestido bordado para eles admirarem. Mas todas as cadeiras da sala eram tão altas que nossos amigos não podiam subir nos assentos. A Sra. Yoop observou isso e acenou com a mão, e instantaneamente uma escada dourada apareceu encostada na frente de cada uma.

– Subam – disse ela, e eles obedeceram, com o Homem de Lata e o menino ajudando o Espantalho, que era mais desajeitado.

Quando todos estavam sentados em uma fileira nas almofadas das cadeiras, a Gigante continuou:

– Agora me digam como aconteceu de vocês viajarem nesta direção, de onde vieram e qual é a sua missão.

Então o Homem de Lata contou a ela tudo sobre Nimmie Amee, e como ele decidiu encontrá-la e se casar com ela, embora não tivesse um coração amoroso. A história parecia divertir a grande mulher, que começou a fazer perguntas ao Espantalho e, pela primeira vez na vida, ouviu falar de Ozma de Oz, Dorothy, Jack Cabeça de Abóbora, Dr. Pipt e Tik-tok e muitos outros cidadãos de Oz que são bem conhecidos na Cidade das Esmeraldas. Além disso, Woot teve que contar sua história, que era muito simples de ser contada e não demorou muito. A Gigante riu muito quando o menino relatou sua aventura em Gasópolis, mas disse que não sabia nada sobre os Gasos porque nunca saíra de seu vale.

– Existem pessoas más que gostariam de me capturar, como fizeram com meu esposo, o Gigante, Sr. Yoop – disse ela. – Por isso eu fico em casa e cuido da minha vida.

– Se Ozma soubesse que você tem ousado praticar magia sem seu consentimento, ela iria puni-la severamente – declarou o Espantalho –, pois este castelo está na Terra de Oz, e nenhuma pessoa por aqui está autorizada a mexer com magia, exceto Glinda, a Boa, e o pequeno Mágico que mora com Ozma na Cidade das Esmeraldas.

– Isso é problema de sua Ozma! – exclamou a Gigante, estalando os dedos em escárnio. – O que me importa uma garota que eu nunca vi e que nunca me viu?

– Mas Ozma é uma fada – disse o Homem de Lata – e, portanto, ela é muito poderosa. Além disso, estamos sob a proteção dela, e nos prejudicar de alguma forma a deixará extremamente zangada.

– O que eu faço aqui, em meu castelo privado neste vale isolado, onde ninguém vem, exceto tolos como vocês, jamais poderá ser do conhecimento de sua fada, Ozma – retornou a Gigante. – Não tentem me afastar de meu propósito, e não se deixem assustar, pois é sempre melhor enfrentar bravamente o que não pode ser evitado. Agora, vou para a cama, e de manhã darei a todos novas formas, que serão muito mais interessantes do que as que vocês têm agora. Boa noite e tenham bons sonhos.

Dizendo isso, a Sra. Yoop se levantou da cadeira e caminhou através de uma porta para outra sala. Seu passo era tão pesado que até as paredes do grande castelo de pedra estremeceram. Assim que fechou a porta do quarto atrás de si, de repente a luz se apagou e os três prisioneiros se encontraram na escuridão total.

O Homem de Lata e o Espantalho não se importaram com o escuro, mas Woot, o Andarilho, ficou preocupado em ser deixado neste lugar estranho desta maneira inusitada, sem ser capaz de ver qualquer perigo que pudesse ameaçá-los.

– A mulher grande podia ter me dado uma cama... – ele disse a seus companheiros.

E mal tinha terminado de falar quando sentiu algo pressionando contra suas pernas, que estavam, em seguida, penduradas no assento da cadeira. Inclinando-se, ele estendeu a mão e descobriu que uma armação de cama tinha aparecido, com colchão, lençóis, cobertores, tudo. Ele não perdeu tempo em deslizar para debaixo dos lençóis e logo estava dormindo.

Durante a noite o Espantalho e o imperador conversaram em tom baixo, e se levantaram das cadeiras, movendo-se por toda a sala e procurando por algo que pudesse abrir uma porta ou janela que lhes permitisse escapar.

O dia seguinte chegou e os habitantes de Oz não tiveram sucesso em sua busca e, assim que amanheceu, a cama de Woot de repente desapareceu, fazendo com que ele caísse no chão, com o baque despertando-o rapidamente. Depois de um tempo, a Gigante veio de seu quarto, usando outro vestido tão elaborado quanto aquele que ela tinha usado na noite anterior, e seu lindo avental de renda novamente por cima. Após se sentar em uma cadeira, a enorme mulher disse:

– Estou com fome, então tomarei café da manhã imediatamente.

Ela bateu palmas e instantaneamente a mesa apareceu diante dela, arrumada com uma toalha de linho e repleta de pratos de ouro. Mas não havia comida sobre a mesa, nem qualquer outra coisa, exceto um jarro de água, um feixe de ervas daninhas e um punhado de seixos. Mas a Gigante derramou um pouco de água em seu bule de café, deu tapinhas uma ou duas vezes com a mão e depois serviu uma xícara de café fumegante.

– Você gostaria de uma xícara de café? – ela perguntou a Woot.

Ele estava desconfiado do café mágico, mas cheirava tão bem que ele não pôde resistir. Então ele respondeu:

– Sim, por favor.

A Gigante derramou outra xícara e a colocou no chão para Woot. Era tão grande quanto uma banheira, e a colher dourada no pires ao lado da xícara era tão pesada que o menino mal conseguia levantá-la. Mas Woot conseguiu tomar um gole do café e achou delicioso. A Sra. Yoop em seguida transformou as ervas daninhas em um prato de aveia, que comeu com bom apetite.

– E agora – disse ela, pegando as pedras. – Estou pensando se terei bolinhos de peixe ou costeletas de cordeiro para completar minha refeição. Qual você prefere, Woot, o Andarilho?

– Se não se importar, comerei a comida da minha mochila – respondeu o menino. – Sua comida mágica pode ter um gosto bom, mas tenho medo dela.

A mulher riu de seus medos e transformou os seixos em bolinhos de peixe.

– Suponho que você pense que depois de comer isso a comida se transformaria em pedras novamente, deixando-o doente – ela comentou. – Mas isso seria impossível. Nada que eu transformo volta à sua forma anterior, então esses bolinhos de peixe nunca mais poderão ser seixos. É por isso que preciso ter cuidado com minhas transformações – acrescentou ela, ocupada, comendo enquanto falava. – Eu posso mudar formas à vontade, mas nunca poderei alterá-las novamente, o que prova que mesmo os poderes de uma engenhosa Yookoohoo são limitados. Quando eu os transformar, deverão usar as formas que eu der a vocês para sempre.

– Então, por favor, não nos transforme – implorou Woot –, pois estamos bastante satisfeitos em permanecer como estamos.

– Não estou esperando satisfazê-los, pretendo agradar a mim mesma – declarou ela. – Meu prazer é dar-lhes novas formas. Pois, se por acaso seus amigos vierem em sua busca, nenhum deles seria capaz de reconhecê-los.

Seu tom era tão positivo que eles sabiam que seria inútil protestar. A mulher não era desagradável de se olhar, seu rosto não era cruel, e sua voz era intensa, mas com um timbre gracioso, porém suas palavras elucidavam que ela possuía um coração impiedoso e nenhuma súplica iria alterar seu propósito perverso.

A Sra. Yoop demorou bastante para terminar seu café da manhã, e os prisioneiros não queriam apressá-la. Quando a refeição foi concluída, ela dobrou o guardanapo e fez a mesa desaparecer apenas com um bater de palmas. Então ela se virou para seus cativos e disse:

– A próxima coisa no programa é mudar suas formas.

– Você decidiu que aparência irá nos dar? – perguntou o Espantalho, inquieto.

– Sim, eu sonhei com tudo enquanto dormia. O Homem de Lata parece uma pessoa muito solene – e, na verdade, o Homem de Lata parecia mesmo solene naquele momento, pois estava muito perturbado –, então irei transformá-lo em uma coruja.

Tudo o que ela fez foi apontar um dedo para ele enquanto falava, e imediatamente a forma do Homem de Lata começou a mudar e, em poucos segundos, Nick Lenhador, o imperador dos Winkies, foi se transformando em uma coruja, com olhos grandes como pires, um bico adunco e garras fortes. Mas ele ainda era estanho. Ele era uma coruja de estanho, com pernas, bico, olhos e penas de estanho. E quando voou para as costas de uma cadeira e empoleirou-se nela, suas penas de estanho chacoalhavam umas contra as outras fazendo barulho. A Gigante parecia se divertir muito com a aparência da coruja de estanho, pois sua risada era alta e alegre.

– Você não está suscetível a se perder – disse ela –, pois suas asas e penas farão barulho aonde quer que você vá. E, na minha opinião, uma coruja de lata é tão rara e bonita que se torna uma versão melhorada de um pássaro comum. Eu não pretendia fazer você de estanho, mas esqueci de desejar que fosse feito de carne. No entanto, como já era de estanho, então continuará sendo, pois é tarde demais para mudá-lo, e isso resolve tudo.

Até agora, o Espantalho tinha duvidado bastante da possibilidade de a Sra. Yoop ser capaz de transformá-lo, ou seu amigo Homem de Lata, já que ambos não eram feitos como as pessoas comuns. Ele estava mais preocupado com o que poderia acontecer com Woot, mas agora ele começou a se preocupar consigo mesmo.

– Senhora – disse ele apressadamente –, considero esta ação muito indelicada. Pode até ser chamada de rude, levando-se em conta que nós somos seus convidados.

– Vocês não são convidados, pois eu não os convidei para virem aqui – ela respondeu.

– Talvez não, mas ansiamos por hospitalidade, por sua misericórdia, por assim dizer, e agora percebemos que não tem nenhuma. Portanto, desculpe-me pela expressão, mas devo dizer que é perverso tomar nossas formas adequadas à força e nos dar outras que não gostaríamos.

– Você está tentando me deixar com raiva? – ela perguntou, carrancuda.

– De maneira alguma – disse o Espantalho.

– Só estou tentando fazer você agir mais como uma dama.

– Oh, é verdade! Na minha opinião, Sr. Espantalho, você agora está agindo como um urso, então um urso você será!

Novamente com o terrível dedo mágico apontado, desta vez na direção do Espantalho, a mulher imediatamente mudou a forma do homem de palha. Em poucos segundos, ele se tornou um pequeno urso-pardo, mas recheado com palha como antes, e assim que o pequeno animal arrastou os pés no chão, estava tão vacilante quanto o Espantalho, movendo-se estranhamente.

Woot ficou surpreso, mas ele também estava completamente assustado.

– Doeu? – ele perguntou ao ursinho marrom.

– Não, claro que não – rosnou o Espantalho na forma de urso-pardo. – Mas não gosto de andar sobre quatro pernas; é indigno.

– Considere minha humilhação! – gorjeou a coruja de estanho, tentando arrumar suas penas suavemente com o bico. – E também não consigo ver muito bem. A luz parece machucar meus olhos.

– Isso é porque você é uma coruja – disse Woot. – Acho que você verá melhor no escuro.

– Bem – comentou a Gigante –, estou muito satisfeita com essas novas formas, da minha parte, e tenho certeza de que vocês irão gostar mais delas quando se acostumarem. Então agora – acrescentou ela, voltando-se para o menino – é a sua vez.

– Você não acha melhor me deixar como estou? – perguntou Woot com a voz trêmula.

– Não – respondeu ela. – Vou fazer de você um macaco. Eu amo macacos, eles são tão fofos! E penso que um macaco verde será muito engraçado e me divertirá quando eu estiver triste.

Woot estremeceu, pois novamente ela levantou a mão e o terrível dedo mágico apontou em sua direção. Ele se sentiu mudando de forma, mas não muito, e não doeu nem um pouco. Ele olhou para seus membros e corpo e descobriu que suas roupas tinham sumido e sua pele estava coberta com um pelo verde fino e sedoso. Suas mãos e pés eram agora as de um macaco e percebeu que de fato era um. Seu primeiro sentimento foi de raiva. Ele começou a tagarelar como os macacos. Saltou para o assento de uma cadeira gigante, e então para suas costas, e, de um jeito selvagem, pulou sobre a Gigante risonha. A ideia dele era agarrar o cabelo dela e arrancá-lo pela raiz, e assim vingar-se por suas transformações perversas. Mas ela levantou a mão e disse:

– Seja gentil, meu caro macaco! Seja gentil! Você não está zangado, está mais feliz do que nunca.

Woot parou bruscamente. Não, ele não estava nem um pouco zangado agora. Ele se sentia tão bem-humorado e alegre como sempre se sentia quando menino. Em vez de puxar o cabelo da Sra. Yoop, ele se empoleirou no ombro dela e alisou sua bochecha macia com sua pata peluda. Em troca, ela sorriu para o animal verde e engraçado e afagou sua cabeça.

– Muito bem! – disse a Gigante. – Vamos todos nos tornar amigos e ser felizes juntos. Como minha coruja de lata está se sentindo?

– Bastante confortável – disse a coruja. – Eu não gosto disso, para ser sincero, mas não vou permitir que minha nova forma me deixe infeliz. Mas, diga-me, por favor: no que uma coruja de estanho é boa?

– Você só é bom em me fazer rir – respondeu a Gigante.

– Um urso de palha também a fará rir? – inquiriu o Espantalho, imediatamente sentando-se de cócoras para olhar para ela.

– Claro! – declarou a Gigante. – E eu adicionei um pouco de magia em suas transformações para deixar todos contentes com suas novas formas. É uma pena que não pensei em fazer isso quando transformei Policromia em um canário. Mas, talvez, quando ela vir o quão alegres vocês estão, vai deixar de ficar em silêncio e carrancuda e começar a cantar. Eu irei pegá-la para que vocês a vejam.

Com isso, a Sra. Yoop foi para a outra sala e logo voltou carregando uma gaiola dourada, na qual sentada sobre um balanço estava um adorável canário amarelo.

– Policromia – disse a mulher gigante –, permita-me apresentar-lhe um macaco verde, que costumava ser um menino chamado Woot, o Andarilho, uma coruja de estanho, que costumava ser um homem de lata chamado Nick Lenhador, e um pequeno urso-pardo recheado de palha, que costumava ser um espantalho vivo.

– Já nos conhecemos – declarou o Espantalho. – O pássaro é Policromia, a filha do Arco-íris. Ela e eu éramos bons amigos.

– Você é realmente meu velho amigo, o Espantalho? – perguntou o pássaro, em uma voz doce e baixa.

– Ahá! – gritou a Sra. Yoop. – Essa é a primeira vez que ela fala desde que foi transformada.

– Eu sou seu velho amigo, sim – respondeu o Espantalho. – Mas você deve me perdoar por aparecer apenas agora nesta forma brutal.

– Eu sou um pássaro, assim como você, querida Poly – disse o Homem de Lata. – Mas, infelizmente, uma coruja de lata não é tão bonita quanto um canário.

– Como tudo é terrível! – suspirou o canário. – Você não conseguiu escapar desta terrível Yookoohoo?

– Não – respondeu o Espantalho. – Tentamos escapar, mas falhamos. Ela primeiro nos fez seus prisioneiros e depois nos transformou. Mas como ela conseguiu pegá-la, Policromia?

– Eu estava dormindo e ela tirou vantagem disso – respondeu o pássaro com tristeza. – Se eu estivesse acordada, poderia facilmente me proteger.

– Diga-me – disse o macaco verde seriamente, enquanto chegava perto da gaiola –, o que devemos fazer, filha do Arco-íris, para escaparmos dessas transformações? Será que você não pode nos ajudar, já que é uma fada?

– No momento estou impotente para ajudar até a mim mesma – respondeu o canário.

– Essa é a mais pura verdade! – exclamou a Gigante, que parecia satisfeita em ouvir o pássaro falar, mesmo que para reclamar. – Vocês estão todos indefesos e em meu poder, então podem muito bem decidir aceitar seu destino e se contentarem com ele. Lembrem-se de que foram transformados para sempre, já que nenhuma magia na terra poderá quebrar seus encantos. Agora estou saindo para a minha caminhada matinal, pois todo dia depois do café da manhã eu caminho dezesseis vezes ao redor do meu castelo para fazer exercícios. Divirtam-se enquanto eu estiver fora e, quando voltar, espero encontrar todos vocês reconciliados e felizes.

Então a Gigante caminhou até a porta pela qual nossos amigos entraram e falou uma palavra:

– Abra!

A porta se abriu e, depois que a Sra. Yoop passou, fechou novamente com um estalo de seus poderosos parafusos trancando o lugar. O macaco verde tentou correr em direção à abertura, na esperança de escapar, mas ele não foi rápido o suficiente e ganhou, como resultado, uma pancada no nariz quando a porta se fechou com força.

O AVENTAL DE RENDA

– Agora que ela saiu e não pode nos ouvir – disse o canário, em um tom mais vivo do que antes – podemos conversar com mais privacidade. Talvez possamos descobrir uma maneira de escapar.

– Abra! – disse Woot, o Macaco, ainda de frente para a porta, mas seu comando não teve efeito e ele voltou lentamente para perto dos outros.

– Você não pode abrir nenhuma porta ou janela neste castelo encantado, a menos que esteja usando o avental mágico – disse o canário.

– Que avental mágico? – perguntou a coruja de estanho, com uma voz curiosa.

– Aquele de renda que a Gigante sempre usa. Eu tenho sido sua prisioneira nesta jaula por várias semanas, e ela pendura minha gaiola em seu quarto a cada noite, para que possa ficar de olho em mim – explicou Policromia, o Canário. – E assim descobri que o avental mágico é o responsável por abrir as portas e as janelas e nada mais pode movê-las. Quando vai para a cama, a Sra. Yoop pendura seu avental na cabeceira. Certa manhã ela se esqueceu de colocá-lo e, quando ordenou para a porta para se abrir, ela não se moveu. Aí ela vestiu o avental de renda e a porta obedeceu. Foi assim que descobri o poder mágico do avental.

– Entendo! Entendo! – disse o ursinho pardo, abanando sua cabeça empalhada. – Se pudéssemos pegar o avental da Sra. Yoop, poderíamos abrir as portas e escapar de nossa prisão.

– Exatamente. Esse é o plano que eu estava prestes a sugerir – respondeu Policromia, o Canário. – No entanto, não acredito que a coruja possa roubar o avental, ou mesmo o urso, mas talvez o macaco pudesse se esconder no quarto dela à noite e pegar o avental enquanto ela estivesse dormindo.

– Vou tentar! – gritou Woot, o Macaco. – Vou tentar fazer isso esta noite, se eu conseguir entrar no quarto dela.

– Você não deve pensar sobre o que planeja fazer – alertou o pássaro –, pois ela pode ler seus pensamentos sempre que desejar. Antes de escaparem, não se esqueçam de me levar com vocês. Uma vez que estiver fora do poder da Gigante, poderei descobrir uma maneira de salvar todos nós.

– Não vamos esquecer nossa amiga fada – prometeu o menino. – Mas talvez você possa me dizer como entrar no quarto.

– Não – declarou Policromia. – Não posso aconselhá-lo neste caso. Você deve ficar atento para uma chance de entrar sorrateiramente assim que a Sra. Yoop não estiver olhando.

Eles conversaram mais um pouco e então a Sra. Yoop voltou. Quando ela entrou, a porta se abriu de repente, ao seu comando, e fechou assim que seu corpo imenso passou pela porta. Durante aquele dia, ela entrou em seu quarto várias vezes, para fazer uma coisa ou outra, mas sempre comandava que a porta se fechasse logo atrás dela, e seus prisioneiros não tiveram a menor chance de deixar a grande sala em que foram confinados.

O macaco verde pensou que seria sensato fazer amizade com a mulher grande para ganhar sua confiança, então ele se sentou nas costas de sua cadeira e conversou com a Gigante enquanto ela remendava suas meias e costurava botões de prata em uns sapatos dourados do tamanho de barcos a remo.

Isso agradou a enorme mulher e ela parava às vezes para dar um tapinha na cabeça do macaco. O pequeno urso-pardo se acomodou em um canto e ficou imóvel o dia todo. A coruja e o canário descobriram que conseguiam conversar na linguagem das aves, e nem a Gigante, o urso, ou o macaco podiam entender. Então, às vezes, eles piavam um para o outro distraindo-se daquele dia longo e triste com bastante alegria.

Depois do jantar, a Sra. Yoop pegou um grande violino de um gigantesco armário e tocou uma música tão alta e terrível que seus prisioneiros ficaram gratos quando, finalmente, ela parou e disse que estava indo para a cama. Depois de advertir o macaco, o urso-pardo e a coruja para se comportarem durante a noite, ela pegou a gaiola com o canário e, indo até a porta do seu quarto, ordenou que abrisse. Só então ela se lembrou de que havia deixado seu violino sobre a mesa. Neste momento, a Gigante voltou para buscá-lo e o guardou no armário, e enquanto estava de costas, o macaco verde deslizou pela porta aberta em seu quarto e se escondeu debaixo da cama.

A mulher de enormes proporções, estando com sono, não percebeu o que acabara de acontecer e, entrando em seu quarto, fez a porta fechar atrás dela e, em seguida, pendurou a gaiola perto da janela. Depois ela começou a se despir, tirando primeiro o avental de renda e colocando-o sobre a coluna da cama, ao alcance de sua mão. Assim que a Sra. Yoop se deitou, todas as luzes se apagaram, e Woot, o Macaco, agachou-se debaixo da cama e esperou pacientemente até ouvir o ronco da Gigante. Então, ele se esgueirou para fora e no escuro tateou até pegar o avental, que ele imediatamente amarrou em torno de sua própria cintura.

Em seguida, Woot tentou encontrar o canário, e havia apenas a luz do luar pela janela para orientá-lo a encontrar a gaiola pendurada. Mas ela estava fora de seu alcance. Sua primeira reação foi escapar com seus amigos deixando Policromia para trás, mas o rapaz se lembrou de sua promessa para a filha do Arco-íris e tentou pensar em algo para salvá-la.

A luz do luar mostrou-lhe vagamente a silhueta de uma cadeira perto de janela, e isso lhe deu uma ideia. Empurrando contra seu corpo com todas as suas forças, ele descobriu que podia mover a cadeira gigante alguns centímetros de cada vez. Então ele empurrou e empurrou até que a cadeira estivesse sob a gaiola, e por fim saltou silenciosamente sobre o assento, pois sua forma de macaco permitia-lhe saltar mais alto do que poderia fazer como um menino, e de lá para as costas da cadeira, e assim conseguiu alcançar a gaiola e tirá-la do gancho. Em seguida, ele saltou para o chão e fez o seu caminho para a porta.

– Abra! – ele ordenou, e imediatamente a porta obedeceu e abriu, mas sua voz acordou a Sra. Yoop, que deu um grito selvagem e levantou-se da cama com um pulo. O macaco verde correu pela porta carregando a gaiola com ele e, antes de a Gigante poder alcançá-lo, a porta se fechou e a aprisionou em seu próprio quarto!

O barulho que ela fez, batendo incessantemente na porta, e seus gritos de raiva e ameaças terríveis de vingança, encheram nossos amigos de terror, e Woot, o Macaco, estava tão animado que no escuro não conseguiu encontrar a porta que dava para o corredor. Mas a coruja de estanho podia ver muito bem no escuro e guiou seus amigos para o lugar certo. Quando todos estavam agrupados diante da porta, Woot ordenou que abrisse. O avental mágico provou ser poderoso como quando fora usado pela Gigante. Um momento depois, eles correram pela passagem e só pararam ao sentir o ar fresco da noite fora do castelo, pois agora estavam livres para irem aonde quisessem.

A AMEAÇA DA FLORESTA

– Rápido! – gritou Policromia, o Canário. – Devemos nos apressar, ou a Sra. Yoop poderá encontrar alguma maneira de nos recapturar, mesmo agora. Vamos sair de seu vale o mais rápido possível.

Eles partiram em direção ao leste, movendo-se tão rapidamente quanto podiam, e por muito tempo eles puderam ouvir os gritos e a luta da Gigante aprisionada. O macaco verde conseguia correr pelo chão muito rapidamente, e ele carregou consigo a gaiola contendo a filha do Arco-íris, Policromia. A coruja de estanho também conseguia saltar e voar a uma boa velocidade, com suas penas batendo umas nas outras tilintando enquanto se movia. Mas o pequeno urso-pardo, por ser recheado com palha, era um viajante desajeitado, e os outros tiveram de esperar que ele os seguisse. No entanto, o grupo não demorou muito para chegar ao cume que saía do vale da Sra. Yoop e, assim que passaram por este cume e desceram para o próximo vale, os viajantes pararam para descansar, pois o macaco verde estava cansado.

– Acredito que estamos seguros agora – disse Policromia, quando sua gaiola foi colocada no chão e os outros se reuniram em torno dela –, pois a Sra. Yoop não se atreve a sair do próprio Vale por medo de ser capturada por seus inimigos. Portanto, podemos usar nosso tempo para considerar o que fazer a seguir.

– Temo que a pobre Sra. Yoop vá morrer de fome se ninguém a deixar sair de seu quarto – disse Woot, que tinha um coração tão bom quanto o do Homem de Lata. – Nós tomamos o avental mágico dela, e agora as portas nunca mais abrirão.

– Não se preocupe com isso – aconselhou Policromia. – A Sra. Yoop ainda tem muita magia para consolá-la.

– Você tem certeza disso? – perguntou o macaco verde.

– Sim, pois estou a observando há semanas – disse o canário. – Ela tem seis grampos mágicos, que usa nos cabelos, um anel mágico que usa no polegar e é invisível a todos os olhos, exceto aos de uma fada, e pulseiras mágicas que usa em ambos os tornozelos. Então estou certa de que ela irá conseguir encontrar uma maneira de sair daquela prisão.

– Ela pode transformar a porta em um arco – sugeriu o pequeno urso-pardo.

– Isso seria fácil para ela – disse a coruja de estanho. – Mas estou feliz que ela esteja com raiva demais para pensar nisso até termos saído de seu vale.

– Bem, nós escapamos da mulher grande – comentou o macaco verde –, mas ainda estamos com as formas terríveis que a cruel Yookoohoo nos deu. Como vamos nos livrar dessas formas e nos tornarmos nós mesmos novamente?

Ninguém poderia responder a essa pergunta. Eles se sentaram ao redor da gaiola, meditando sobre o problema, até que o macaco caiu adormecido. Vendo isso, o canário enfiou a cabeça sob sua asa e também dormiu, e a coruja de estanho e o urso-pardo não os perturbaram até o dia seguinte, quando o dia raiou.

– Estou com fome – disse Woot, quando acordou, pois sua mochila de comida fora deixada no castelo.

– Então vamos viajar até que possamos encontrar algo para você comer – respondeu o urso-espantalho.

– Não há por que continuar arrastando minha gaiola a qualquer distância – declarou o canário. – Deixe-me sair e jogue a gaiola fora. Assim, eu posso voar com você e encontrar minha pequena porção de sementes como almoço. Também posso procurar por água e dizer onde encontrá-la.

Então, o macaco verde abriu a porta da gaiola dourada e o canário pulou. No começo, a ave voou alto no ar e fez grandes círculos acima, mas depois voltou e empoleirou-se ao lado deles.

– No leste, na direção que estávamos seguindo – anunciou o canário – há uma bela floresta, com um riacho correndo por ela. Na floresta pode haver frutas ou nozes crescendo, ou arbustos de baga em sua extremidade, então vamos por ali.

Eles concordaram com isso e partiram, desta vez movendo-se mais deliberadamente. A coruja de estanho, que guiou seu caminho durante a noite, agora percebeu que o sol estava incomodando muito seus grandes olhos, então ela os fechou com força e empoleirou-se nas costas do pequeno urso-pardo, que carregou o peso da coruja com facilidade. O canário às vezes empoleirava-se no ombro do macaco verde e às vezes planava à frente do grupo, e desta maneira eles viajaram de bom humor por aquele vale em direção ao leste. Este, eles descobriram ser um imenso buraco, com o formato de um disco, e em sua extremidade mais distante podia-se visualizar a floresta que Policromia tinha visto do céu.

– Vamos pensar sobre isso – disse a coruja de estanho, acordando e piscando comicamente para seus amigos. – Não há mais razão para viajarmos até o País dos Munchkins. Minha ideia ao ir para lá era me casar com Nimmie Amee, mas por mais que a menina Munchkin possa ter amado um Homem de Lata, não posso esperar que ela se case com uma coruja de lata.

– Há alguma verdade nisso, meu amigo – comentou o urso-pardo. – E pensar que eu, que era considerado o espantalho mais bonito do mundo, e agora estou condenado a ser uma besta raquítica e sem importância, cuja única característica redentora é ser recheado com palha!

– Considere meu caso, por favor – disse Woot. – A Gigante cruel tornou um menino em um macaco. Essa é a ação mais terrível de todas!

– Sua cor é bastante bonita – disse o urso-pardo, olhando Woot criticamente. – Eu nunca vi um macaco verde-ervilha antes, e para mim você ficou bem bonito.

– Não é tão ruim ser um pássaro – afirmou o canário, planando de um lado para o outro com movimentos graciosos e libertadores –, mas anseio por desfrutar de minhas próprias pernas.

– Como Policromia, você foi a donzela mais adorável que já tinha visto, exceto, é claro, por Ozma – disse a coruja de estanho –, então a Gigante fez bem em transformá-la no mais adorável dos pássaros, já que você foi transformada em um. Mas, diga-me, já que você é uma fada, e tem sabedoria de fada, você acha que seremos capazes de quebrar esses encantos?

– Coisas estranhas acontecem na Terra de Oz – respondeu o canário, novamente empoleirado no ombro do macaco verde e virando um olho brilhante e pensativo para seu questionador. – A Sra. Yoop declarou que nenhuma de suas transformações poderiam ser alteradas, mesmo que por ela mesma, mas eu acredito que se pudéssemos chegar a Glinda, a Boa, ela poderia encontrar uma maneira de nos devolver nossas formas naturais. Glinda, como você sabe, é a feiticeira mais poderosa do mundo, e há poucas coisas que ela não pode fazer.

– Nesse caso – disse o pequeno urso –, vamos voltar para o sul e tentar chegar ao castelo de Glinda. Ele fica no País dos Quadlings, então é um longo caminho daqui.

– Antes, porém, vamos até a floresta para procurar algo para comer – implorou Woot.

Eles continuaram indo na direção da floresta, que consistia em muitas árvores altas e bonitas, mas os quatro encantados não descobriram nenhuma árvore frutífera, de início, então o macaco verde avançou mata adentro e os outros seguiram logo atrás.

Eles estavam viajando silenciosamente, sob a sombra das árvores, quando de repente um enorme jaguar saltou de um galho e com um golpe de sua pata arremessou o pequeno urso-pardo para longe, que cambaleou repetidamente até ser parado por um tronco de árvore. Todos ficaram alarmados instantaneamente.

A coruja de lata gritou:

– Uhh! Uhh!

E voou direto até o galho de uma árvore alta, embora mal conseguisse ver para onde estava indo. O canário rapidamente disparou para o lugar ao lado da coruja, e o macaco verde saltou, pegando um galho alto onde pudesse ter segurança.

O jaguar se agachou e, com olhos famintos, considerou o pequeno urso-pardo, que lentamente se pôs de pé e perguntou em tom de censura:

– Pelo amor de Deus, besta, o que você estava tentando fazer?

– Estou tentando pegar meu café da manhã – respondeu o jaguar com um rosnado – e acredito que consegui. Você deve ser uma refeição deliciosa, a menos que seja velho e de carne dura.

– Eu sou pior do que isso, considerado um café da manhã – disse o urso –, pois sou apenas uma pele recheada de palha, portanto, não sirvo para comer.

– De fato! – gritou o jaguar, com uma voz decepcionada. – Então você deve ser um urso mágico, ou encantado, e eu devo buscar meu café da manhã entre seus companheiros.

Com isso, ele ergueu a cabeça magra para olhar para a coruja de estanho, o canário e o macaco verde, açoitou sua cauda no chão e rosnou tão ferozmente quanto qualquer jaguar poderia.

– Meus amigos também estão encantados – disse o pequeno urso-pardo.

– Todos eles? – perguntou o jaguar.

– Sim. A coruja é de lata, então você não poderia comê-la. O canário é uma fada, Policromia, a filha do Arco-íris, e você nunca poderia pegá-la porque ela pode voar facilmente para fora do seu alcance.

– Ainda resta o macaco verde – observou o jaguar avidamente. – Ele não é feito de estanho nem recheado com palha, e nem pode voar. Eu particularmente sou muito bom em escalar árvores, então acho que vou capturar o macaco e comê-lo no meu café da manhã.

Woot, o Macaco, ouvindo este discurso de seu poleiro na árvore, ficou muito assustado, pois conhecia a natureza das onças e sabia que podiam subir em árvores e pular de galho em galho com a mesma agilidade dos gatos. Então ele imediatamente começou a correr pela floresta tão rápido quanto podia, pegando um galho com seus longos braços de macaco e balançando seu corpo verde pelo espaço para agarrar outro galho de uma árvore vizinha, e assim ele continuou, enquanto o jaguar o seguia por baixo, com seus olhos fixados firmemente em sua presa. Mas, enquanto fugia do felino, Woot enroscou em seus pés o avental de renda, que ele ainda estava vestindo, e isso o fez tropeçar em seu voo caindo no chão, onde o jaguar colocou uma enorme pata sobre ele e disse severamente:

– Peguei você, agora!

O fato de o avental tê-lo feito tropeçar fez com que Woot lembrasse de seus poderes mágicos. Sem parar para considerar como esse comando poderia salvá-lo, em seu terror, ele gritou:

– Abra!

Com a palavra mágica, a terra se abriu no local exato onde ele estava deitado sob a pata do jaguar, e seu corpo afundou, com a terra fechando-se sobre ele novamente. A última coisa que Woot, o Macaco, viu quando olhou para cima foi o jaguar olhando para dentro do buraco com espanto.

– Ele se foi! – gritou a fera, com um longo suspiro de decepção. – Ele se foi, e agora eu não terei meu desjejum.

O barulho das asas da coruja de estanho soou acima dele, e o ursinho veio correndo e perguntou:

– Onde está o macaco? Você o comeu tão rápido?

– Na verdade, não – respondeu o jaguar. – Ele desapareceu dentro da terra antes que eu pudesse dar uma mordida nele!

E agora o canário, empoleirado em um toco um pouco longe da besta da floresta, disse:

– Estou feliz que nosso amigo tenha escapado de você, mas como é natural para um animal faminto desejar fazer seu desjejum, eu tentarei lhe dar um.

– Obrigado – respondeu o jaguar.

– Você é um animal bem pequeno para uma refeição completa, mas é gentileza sua se sacrificar ao meu apetite.

– Oh, não pretendo ser comida, garanto-lhe – disse o canário. – Mas como sou uma fada, sei alguma coisa sobre magia e, embora eu agora esteja transformada em um pássaro, tenho certeza de que posso invocar um café da manhã que irá lhe satisfazer.

– Se você pode fazer mágica, por que não quebra o encantamento sob o qual você está e volta à sua forma habitual? – perguntou a fera, em dúvida.

– Eu não tenho o poder de fazer isso – respondeu o canário –, pois a Sra. Yoop, a Gigante que me transformou, usou uma forma peculiar de magia de Yookoohoo que é desconhecida para mim. No entanto, ela não conseguiu me privar de meu próprio conhecimento de fadas, então tentarei obter algo para você comer.

– Você acha que um café da manhã mágico teria um gosto bom, ou aliviaria as dores da fome que agora sofro? – perguntou o jaguar.

– Tenho certeza de que sim. O que você gostaria de comer?

– Dê-me um par de coelhos gordos – disse a fera.

– Coelhos? Não mesmo! Eu não permitiria que você comesse aquelas coisinhas queridas – declarou Policromia, o Canário.

– Bem, três ou quatro esquilos, então – implorou o jaguar.

– Você me acha tão cruel assim? – retrucou o canário, indignado. – Os esquilos são meus amigos mais especiais.

– Que tal uma coruja gorda? – perguntou a besta. – Não uma de lata, você sabe, mas uma coruja de carne de verdade.

– Nem fera nem pássaro você terá – disse Policromia em voz positiva.

– Dê-me um peixe, então. Há um rio um pouco longe daqui – propôs o jaguar.

– Nenhum ser vivo será sacrificado para alimentá-lo – respondeu o canário.

– Então o que diabos você espera que eu coma? – disse o jaguar em tom de desdém.

– O que acha de um mingau de milho com leite? – perguntou o canário.

O jaguar rosnou em escárnio e chicoteou o rabo contra o chão com raiva

– Dê a ele alguns ovos mexidos com torradas, Poly – o urso-espantalho sugeriu. – Ele deve gostar disso.

– Darei então – respondeu o canário, e agitando as asas Poly fez um voo de três círculos ao redor do toco. Então ela voou até uma árvore e o urso, a coruja e o jaguar viram que sobre o toco havia aparecido uma grande folha verde com uma grande porção de ovos mexidos e torradas fumegantes.

– Aqui está! – disse o urso. – Tome seu café da manhã, amigo jaguar, e fique contente com o que tem.

O jaguar se aproximou do toco e cheirou a fragrância dos ovos mexidos. Eles cheiravam tão bem que ele os provou, e eles tinham um gosto tão bom que ele comeu a comida estranha com pressa, provando que estava realmente com muita fome.

– Eu prefiro coelhos – ele murmurou, lambendo as costeletas –, mas devo admitir que esta comida mágica encheu meu estômago e me trouxe conforto. Estou grato pela gentileza, pequena fada, e agora irei deixá-los em paz.

Dizendo isso, ele adentrou a vegetação rasteira e logo desapareceu, embora pudessem ouvir seu grande corpo esbarrando entre os arbustos até que ele estar a uma longa distância.

– Essa foi uma boa maneira de se livrar da besta selvagem, Poly – disse o Homem de Lata ao canário –, mas estou surpreso que você não tenha dado ao nosso amigo Woot um café da manhã mágico, quando sabia que ele estava com fome.

– A razão para isso – respondeu Policromia – foi que minha mente estava tão concentrada em outras coisas que me esqueci de meu poder de produzir comida por magia. Mas onde está o menino macaco?

– Ele se foi! – disse o urso-espantalho, solenemente. – A terra o engoliu.

OS DRAGÕES BRIGÕES

O macaco verde afundou suavemente na terra por um tempo e, em seguida, caiu rapidamente pelo espaço, aterrissando em um solo rochoso com um baque que o surpreendeu. Então ele se sentou, verificou se algum osso estava quebrado e olhou ao seu redor.

Ele parecia estar em uma grande caverna subterrânea, que era mal iluminada por dezenas de grandes discos redondos que pareciam luas. Mas o rapaz logo percebeu que não se tratava de luas quando examinou o local mais calmamente. Eram olhos, olhos que estavam nas cabeças de feras enormes cujos corpos se arrastavam muito atrás delas. Cada fera era maior que um elefante, e três vezes mais compridas, e havia uma dúzia ou mais de criaturas espalhadas aqui e ali pela caverna. Seus corpos tinham grandes escamas, redondas como pratos de torta, que eram lindamente tingidas em tons de verde, roxo e laranja. Nas pontas de suas longas caudas estavam conjuntos de joias. Em torno dos grandes olhos lunares haviam círculos de diamantes que cintilavam na luz que vinha de seus olhos.

Woot viu que as criaturas tinham bocas largas e fileiras de dentes terríveis e, por causa das histórias que tinha ouvido falar sobre tais seres, o menino macaco sabia que havia caído em uma caverna habitada pelos grandes dragões que foram expulsos da superfície da terra e só eram autorizados a sair uma vez a cada cem anos para procurar comida. Claro que ele nunca tinha visto dragões antes, mas não tinha como confundi-los, pois eram diferentes de qualquer outro ser vivo. Woot sentou-se no chão onde havia caído, olhando ao redor, e os donos dos grandes olhos devolveram o olhar, silenciosos e imóveis. Finalmente, um dos dragões que estavam mais longe dele perguntou, com uma voz profunda e grave:

– O que é que foi isso?

E o maior de todos, que estava bem na frente do macaco verde, respondeu com uma voz ainda mais profunda:

– É algum animal tolo lá de fora.

– Será que é bom para comer? – perguntou um dragão menor ao lado do grande. – Eu estou com fome.

– Com fome! – exclamaram todos os dragões, em um coro de reprovação. E o grande disse, repreensivamente:

– Tuttut, meu filho! Você não tem motivo para estar com fome nesse momento.

– Por que não? – perguntou o pequeno dragão. – Eu não como qualquer coisa em onze anos.

– Onze anos não é nada – observou o outro dragão, abrindo e fechando os olhos com sono. – Eu não faço o desejum há oitenta e sete anos, e não me atrevo a me sentir faminto por mais ou menos uma dúzia de anos. Crianças que comem entre as refeições devem parar com esse hábito.

– Tudo que eu tinha, onze anos atrás, era um rinoceronte, e isso não é uma refeição completa – resmungou o jovem. – E, antes disso, esperei sessenta e dois anos para ser alimentado. Então não é de admirar que eu esteja com fome.

– Quantos anos você tem? – perguntou Woot, esquecendo-se de sua posição perigosa ao se interessar pela conversa.

– Ora, eu... eu... quantos anos eu tenho, pai? – perguntou o pequeno dragão.

– Meu Deus! Que criança que faz perguntas! Você quer que eu me mantenha pensando o tempo todo? Você não sabe que pensar é muito ruim para os dragões? – respondeu o grande, impaciente.

– Quantos anos eu tenho, pai? – persistiu o pequeno dragão.

– Cerca de seiscentos e trinta, eu acredito. Pergunte à sua mãe.

– Não! Não! – disse um velho dragão ao fundo. – Já não tenho preocupações suficientes, e ainda tenho que ser acordada no meio de um cochilo e ser obrigada a controlar a idade dos meus filhos?

– Você dormiu profundamente por mais de sessenta anos, mãe – disse o dragão filhote. – Quanto tempo você gostaria de ter dormido?

– Eu deveria ter dormido quarenta anos a mais. E essa pequena besta verde e estranha deve ser punida por ter caído em nossa caverna e ter nos perturbado.

– Eu não sabia que vocês estavam aqui, e não sabia onde iria cair – explicou Woot.

– De qualquer forma, você está aqui – disse o grande dragão – e acordou toda a nossa tribo. É plausível que você seja punido.

– De que maneira? – perguntou o macaco verde, tremendo um pouco.

– Dê-me um tempo e pensarei em uma maneira. Você está com pressa, não é? – perguntou o grande dragão.

– Não muito – respondeu Woot. – Leve o tempo que precisar. Eu prefiro que todos vocês voltem a dormir de novo e me punam quando acordarem daqui cerca de cem anos.

– Deixem-me comê-lo! – implorou o dragão menor.

– Ele é muito pequeno – disse o pai. – E comer este macaco verde só serviria para deixá-lo com mais fome ainda, e não há mais o que comer.

– Saia dessa caverna e me deixe dormir – protestou o outro dragão, bocejando de uma forma temerosa, pois quando ele abriu a boca, uma labareda saltou para fora fazendo Woot pular para sair de seu caminho.

Em seu salto, ele bateu no focinho de um dragão atrás dele, que abriu a boca para rosnar e atirar outra labareda contra ele. A chama era brilhante, mas não muito quente, e ainda assim Woot gritou de terror e saltou para a frente. Desta vez, ele pousou na pata do grande dragão chefe, que com raiva levantou a outra pata dianteira e atingiu o macaco verde com um golpe feroz. Woot saiu voando pelo ar e caiu esparramado no chão rochoso muito além do local onde a Tribo dos Dragões estava agrupada.

Todas as grandes bestas estavam agora completamente despertas e eufóricas, e eles culparam o macaco por perturbar seu silêncio. O menor dragão disparou atrás de Woot e os outros foram com seus corpos pesados em sua direção, com os olhos e bocas em chamas iluminando toda a caverna. Woot quase se deu por vencido naquele momento, mas ele se levantou e correu para o fundo da caverna, e os dragões o seguiram mais vagarosamente, porque eles eram muito desajeitados para se moverem de forma ágil. Talvez eles pensassem que não havia necessidade de ter pressa, pois o macaco não poderia escapar da caverna. Mas, ao final do lugar, o chão da caverna estava cheio de rochas, então Woot, com uma agilidade nascida do medo, escalou de pedra em pedra até que ele se encontrasse agachado contra o teto da caverna. Lá ele esperou, pois não poderia ir mais longe, enquanto rochas tombadas lentamente rolavam em direção aos dragões, com o menor vindo primeiro porque ele estava com fome e também com raiva.

As feras quase o alcançaram quando Woot, lembrando de seu avental de renda, que agora estava rasgado e sujo, recuperou o juízo e gritou:

– Abra!

Com o grito, um buraco apareceu no teto da caverna, logo acima de sua cabeça, e através dele a luz do sol fluiu completamente sobre o macaco verde. Os dragões pararam, surpresos com a magia e piscando para a luz do sol, e isso deu a Woot tempo para subir pela abertura. Assim que ele alcançou a superfície da terra, o buraco se fechou novamente, e o menino macaco percebeu, vibrando de alegria, que tinha enfim se livrado da perigosa família dragão.

Ele se sentou no chão, ainda ofegante de seus esforços, quando os arbustos diante dele se separaram e seu antigo inimigo, o jaguar, apareceu.

– Não corra – disse a besta da floresta, enquanto Woot dava um salto. – Você está perfeitamente seguro, pois desde que você tão misteriosamente desapareceu, eu fiz meu desjejum. Estou agora a caminho de casa para dormir o resto de o dia.

– Oh, é mesmo? – devolveu o macaco verde, em um tom tanto arrependido quanto assustado. – Qual dos meus amigos você conseguiu comer?

– Nenhum deles – respondeu o jaguar, com um sorriso malicioso. – Comi um prato mágico de torradas com ovos mexidos, e não foi uma refeição ruim no fim das contas. Não há espaço em mim até para você, e eu não me arrependo disso porque julgo, olhando para a sua cor verde, que você não está maduro, e provavelmente daria uma refeição indigesta. Nós, jaguares, devemos ter cuidado com nossas digestões. Adeus, amigo macaco. Siga o caminho que fiz através dos arbustos e você irá encontrar seus amigos.

Com isso, o jaguar marchou em seu caminho, e Woot ouviu o conselho dele e seguiu a trilha que o felino havia feito até chegar ao lugar onde o pequeno urso-pardo, a coruja de estanho e o canário estavam reunidos, imaginando o que teria acontecido com seu camarada, o macaco verde.

TOMMY LIGEIRINHO

– Nosso melhor plano – disse o urso-espantalho, depois que o macaco verde contou a história de sua aventura com os dragões – é sair deste País dos Gillikins assim que possível e tentar encontrar nosso caminho para o castelo de Glinda, a Boa Feiticeira. Há também muitos perigos espreitando por aqui, e Glinda pode ser capaz de nos restaurar às nossas formas habituais.

– Se virarmos para o sul agora – respondeu a coruja de estanho –, podemos acabar indo direto para a Cidade das Esmeraldas, e esse é um lugar que desejo evitar, pois odiaria que meus amigos me vissem nesta triste situação – disse piscando os olhos e agitando suas asas de estanho tristemente.

– Tenho certeza de que já passamos da Cidade das Esmeraldas – assegurou-lhe o canário, navegando com leveza sobre suas cabeças.

– Então, devemos virar para o sul a partir daqui. Nós passaríamos pelo País dos Munchkins e, continuando ao sul, chegaríamos ao País dos Quadlings, onde o castelo de Glinda está localizado.

– Bem, já que você tem certeza disso, vamos começar imediatamente – propôs o urso. – É uma longa jornada, e estou ficando cansado de andar sobre quatro pernas.

– Eu pensei que você nunca se cansasse, sendo recheado com palha – disse Woot.

– Quero dizer que me incomoda ser obrigado a andar em quatro apoios, quando duas pernas são minha estrutura adequada para caminhar – respondeu o Espantalho. – Eu considero isso abaixo de minha dignidade. Em outras palavras, meu cérebro notável pode se cansar, através da humilhação, embora meu corpo não possa se cansar.

– Essa é uma das penalidades de se ter um cérebro – comentou a coruja de estanho com um suspiro. – Eu não tenho um cérebro desde deixei de ser um homem de carne, então nunca me preocupo. No entanto, prefiro minha antiga forma viril a esta forma de coruja, e ficaria feliz em quebrar o encantamento da Sra. Yoop o mais rápido possível. Sou tão barulhento agora que perturbo até a mim mesmo – e ele bateu as asas com um barulho que ecoou por toda a floresta.

Então, estando todos de acordo, eles se voltaram para o sul, viajando constantemente até que a floresta foi deixada para trás e a paisagem mudou de tons de roxo para azul, o que lhes garantiu que haviam entrado no País dos Munchkins.

– Agora me sinto mais seguro – disse o urso-espantalho. – Eu conheço este país muito bem, já que fui feito aqui por um fazendeiro Munchkin e vaguei por essas lindas terras azuis muitas vezes. Parece-me, na verdade, que eu até me lembro daquele grupo de três árvores altas à nossa frente, e, se eu estiver certo, não estamos longe da casa da minha amiga Jinjur.

– Quem é Jinjur? – perguntou Woot, o macaco verde.

– Você nunca ouviu falar de Jinjur? – perguntou o Espantalho, surpreso.

– Não – disse Woot. – Jinjur é um homem, uma mulher, uma fera ou um pássaro?

– Jinjur é uma menina – explicou o Espantalho. – Ela é uma boa menina, embora um pouco inquieta e passível de ficar bastante animada. Uma vez, muito tempo atrás, ela criou um exército de meninas e chamou a si mesma de "General Jinjur". Com seu exército, ela tomou a Cidade das Esmeraldas, e me expulsou dela, porque insisti que um exército em Oz era altamente inapropriado. Mas Ozma puniu a garota inconsequente, e depois Jinjur e eu nos tornamos amigos rapidamente.

Agora Jinjur vive pacificamente em uma fazenda perto daqui e cria campos de profiteroles, chocolate com caramelo e macarons. Dizem que ela é uma excelente agricultora, além disso, ela é uma artista e pinta quadros tão perfeitos que dificilmente se pode distingui-los da natureza.

Ela costuma repintar meu rosto para mim, quando fica gasto ou borrado, e a linda expressão que eu usava antes de a Gigante me transformar fora pintada por Jinjur apenas cerca de um mês atrás.

– Era de fato um semblante agradável – concordou Woot.

– Jinjur pode pintar qualquer coisa – continuou o urso-espantalho, com entusiasmo, enquanto caminhavam juntos. – Uma vez, quando vim para a casa dela, minha palha ficou velha e amassou, de modo que meu corpo envergou terrivelmente. Eu precisei de palha nova para substituir a velha, mas Jinjur não tinha palha em seu rancho e eu não poderia viajar até que tivesse sido refeito. Quando expliquei isso para Jinjur, a garota imediatamente pintou uma pilha de palha, que ficou tão natural que fui até lá e garanti que tivesse palha suficiente para encher todo o meu corpo. Era de boa qualidade e durou muito tempo.

Tudo parecia maravilhoso para Woot, que sabia que tal coisa nunca poderia acontecer em qualquer lugar, exceto em um país das fadas como Oz.

O País dos Munchkins era muito mais legal do que o País dos Gillikins, e todos os campos eram separados por cercas azuis, com pistas gramadas, caminhos de chão azuis e a terra parecia bem cultivada.

Eles estavam em cima de uma pequena colina olhando para este país favorecido, mas ainda não tinham visto tudo, pois, ao virarem uma curva no caminho, eles foram parados por uma forma que os chocou: a criatura mais curiosa que jamais tinham visto, mesmo na Terra de Oz, onde abundam seres curiosos. Tinha a cabeça de um jovem, evidentemente um Munchkin, com um rosto agradável e cabelos bem penteados, mas o corpo era muito longo, pois tinha vinte pernas, dez de cada lado, e isso fazia com que o corpo se esticasse e se mantivesse na posição horizontal, de maneira que todas as pernas podiam tocar o solo e permanecer firmes. Dos ombros saíam dois braços pequenos, pelo menos eles pareciam pequenos perto de tantas pernas.

Esta estranha criatura estava vestida com a vestimenta padrão do povo Munchkin, um casaco azul-escuro perfeitamente ajustado ao corpo longo e cada par de pernas tinha um par de calças azul-celeste, com meias de cor azul e sapatos de couro azul virados para cima nas pontas dos pés.

– Mas quem é você? – indagou Policromia, o Canário, flutuando acima da estranha criatura, que provavelmente tinha adormecido no caminho.

– Às vezes eu também me pergunto isso – respondeu o jovem de mutias pernas. – Na realidade, sou Tommy Ligeirinho, e moro em uma árvore oca que caiu no chão com a idade. Eu poli o interior dela e fiz uma porta em cada extremidade. Ela é uma residência muito confortável para mim, porque se encaixa perfeitamente na minha forma.

– Como você ficou com essa forma? – perguntou o urso-pardo, sentado sobre suas patas traseiras, considerando Tommy Ligeirinho com um olhar sério. – É sua aparência natural?

– Não. Foi um desejo que atenderam – respondeu Tommy, com um suspiro. – Eu costumava ser muito ativo e adorava correr para quem precisasse dos meus serviços. Foi assim que ganhei o nome de Tommy Ligeirinho. Eu conseguia chegar ao local marcado mais rápido do que qualquer outro garoto, então eu tinha muito orgulho de mim mesmo. Um dia, porém, conheci uma senhora idosa que era uma fada, ou uma bruxa, ou algo do tipo, e ela disse que se eu fizesse uma entrega para ela, levar algum remédio mágico para outra velha, ela me concederia apenas um desejo, independentemente do que fosse. Claro que consenti e, levando o remédio, corri para longe. Foi uma longa distância, principalmente colina acima, e minhas pernas começaram a ficar cansadas. Sem pensar no que estava fazendo, disse em voz alta: "Minha nossa! Como eu gostaria de ter vinte pernas!". E em um instante eu me tornei a criatura incomum que você vê ao seu lado. Vinte pernas! Vinte para um homem! Você pode contá-las se você duvidar da minha palavra.

– É, são vinte mesmo – disse Woot, o Macaco, que já as havia contado.

– Depois de entregar o remédio mágico à velha mulher, voltei e tentei encontrar a bruxa, ou fada, ou o que quer que ela fosse, que atendeu o desejo impensado, para que ela pudesse retirá-lo novamente. Eu tenho procurado por ela desde então, mas nunca consigo encontrá-la – continuou o pobre Tommy Ligeirinho, tristemente.

– Eu suponho – disse a coruja de estanho, piscando para ele – que você pode viajar muito rápido com essas vinte pernas.

– No começo eu conseguia – foi a resposta. – Mas eu viajei muito, procurando a fada, ou bruxa, ou o que quer que ela fosse, e logo fiquei com calos nas pontas dos pés. Um calo em um dedo do pé não é tão ruim, mas quando você tem cem dedos, como eu, e calos na maioria deles, está longe de ser agradável. Em vez de correr, eu agora rastejo dolorosamente e, embora eu esteja começando a desanimar, ainda espero encontrar aquela bruxa ou fada, ou o que quer que ela seja, em pouco tempo.

– Eu também espero – disse o Espantalho. – Mas, apesar de tudo, você tem o prazer de saber que é incomum e, portanto, notável entre o povo de Oz. Ser exatamente como as outras pessoas é um pequeno crédito para se ter, enquanto ser diferente dos outros é uma marca de distinção.

– Isso soa muito bonito – respondeu Tommy Ligeirinho –, mas se você tivesse que colocar dez pares de calças a cada manhã e amarrar vinte sapatos, iria preferir não ser tão distinto.

– A tal bruxa, ou fada, ou o que quer que ela fosse, era uma pessoa velha, com a pele enrugada e metade dos dentes perdidos? – perguntou a coruja de estanho.

– Não – disse Tommy Ligeirinho.

– Então ela não era a Velha Mombi – comentou o imperador transformado.

– Não estou interessado em quem não foi – disse o jovem de vinte pernas. – E, o que quer que ela fosse, conseguiu se manter fora do meu caminho.

– Se você a encontrar, acha que ela transformaria você de volta em um menino de duas pernas? – perguntou Woot.

– Talvez sim, se eu pudesse fazer outra tarefa para ela, ganharia outro desejo.

– Você realmente gostaria de ser como era antes? – perguntou Policromia, o Canário, empoleirando-se no ombro verde do macaco para observar Tommy Ligeirinho mais atentamente.

– Certamente – foi a resposta sincera.

– Então verei o que posso fazer por você – prometeu a filha do Arco-íris e, voando para o chão, ela pegou um pequeno galho em seu bico e com ele fez várias figuras místicas de cada lado de Tommy Ligeirinho.

– Você é uma bruxa, ou fada, ou algo do tipo? – ele perguntou enquanto a observava com admiração. O canário não respondeu, pois estava ocupado, mas o ursinho respondeu:

– Sim, ela é algo do tipo, e também um pássaro de uma feiticeira.

A transformação do menino de vinte pernas aconteceu tão estranhamente que todos ficaram surpresos com seu método. Primeiro, as duas últimas pernas de Tommy Ligeirinho desapareceram, então as duas seguintes, e as próximas, e cada vez que um par sumia, seu corpo encurtava. Tudo isso enquanto Policromia corria em volta dele cantando palavras místicas, e quando todas as pernas do jovem desapareceram, exceto por duas, ele percebeu que o canário ainda estava ocupado e gritou alarmado:

– Pare! Pare! Deixe-me duas das minhas pernas, ou eu estarei pior do que antes.

– Eu sei – disse o canário. – Estou apenas removendo com a minha magia os calos dos últimos dez dedos dos pés.

– Obrigado por ser tão atenciosa – disse ele com gratidão, e agora eles notaram que Tommy Ligeirinho era um jovem de boa aparência.

– O que você vai fazer agora? – perguntou Woot, o Macaco.

– Primeiro – respondeu ele – devo entregar uma nota que carrego no bolso desde que a bruxa, ou fada, ou o que quer que ela fosse, concedeu meu desejo tolo. E estou decidido a parar um tempo para refletir com cuidado sobre o que vou dizer, pois percebi que falar sem pensar é perigoso. E depois de entregar a nota, irei voltar a atender novamente quem precisa dos meus serviços.

Então, ele agradeceu a Policromia novamente e partiu em uma direção diferente da sua, e essa foi a última vez que viram Tommy Ligeirinho.

RANCHO DE JINJUR

Enquanto eles seguiam um caminho descendo a encosta de grama azul, a primeira casa que encontrou a visão dos viajantes foi alegremente reconhecida pelo urso-espantalho como a única habitada por sua amiga Jinjur. Então eles aumentaram a velocidade e correram em sua direção.

Ao chegarem ao local, porém, eles perceberam que a casa estava deserta. A porta da frente estava aberta, mas não havia ninguém dentro. No jardim que circunda a casa havia bonitas fileiras de arbustos com profiteroles e macarons, alguns dos quais ainda verdes, mas outros já estavam maduros e prontos para comer. Mais atrás havia campos de caramelos, e em todos a terra parecia bem cultivada e cuidadosamente cuidada. Eles olharam através dos campos procurando pela jovem agricultora, mas ela não estava lá para ser vista.

– Bem – finalmente observou o pequeno urso-pardo. – Vamos nos acomodar na casa, isso com certeza agradará minha amiga Jinjur, que por acaso está longe agora. Quando ela voltar, irá ficar muito surpresa.

– Ela se importaria se eu comesse alguns daqueles profiteroles maduros? – perguntou o macaco verde.

– Com certeza não. Jinjur é muito generosa. Sirva-se de tudo que quiser – disse o urso-pardo cheio de palha.

Então Woot reuniu muitos profiteroles amarelo-dourados, preencheu-os com uma substância doce e cremosa, e comeu até que sua fome fosse saciada. Em seguida ele entrou em casa com seus amigos e sentou-se em uma cadeira de balanço, assim como estava acostumado a fazer quando era um garoto. O canário empoleirou-se na lareira e delicadamente emplumou suas penas; a coruja de estanho sentou-se nas costas de outra cadeira; e o urso-pardo agachou-se em seus quadris peludos no meio da sala.

– Acho que me lembro da garota Jinjur – comentou o canário, com sua doce voz. – Ela não pode nos ajudar muito, exceto para nos direcionar em nosso caminho para o castelo de Glinda, pois ela não entende de magia. Mas ela é uma boa menina, honesta e sensata, e ficarei feliz em vê-la.

– Todos os nossos problemas – disse a coruja com um suspiro profundo – surgiram da minha tola decisão de procurar Nimmie Amee e torná-la imperatriz dos Winkies, e embora eu não deseje repreender os outros, devo dizer que foi Woot, o Andarilho, que colocou a ideia na minha cabeça.

– Bem, de minha parte, estou feliz que ele tenha feito isso – respondeu o canário. – Sua jornada resultou em me salvar da Gigante, e se vocês não tivessem viajado para o Vale Yoop, eu ainda seria prisioneira da Sra. Yoop. Então estou contente por estar livre, embora ainda carregue a forma encantada de um canário.

– Você acha que algum dia seremos capazes de obter nossa forma habitual de volta? – perguntou o macaco verde seriamente.

Policromia não respondeu de imediato a esta questão importante, mas, após um período de consideração, disse:

– Fui ensinada a acreditar que existe um antídoto para cada amuleto mágico, mas a Sra. Yoop insiste que nenhum poder pode alterar suas transformações. Eu percebi que minha própria magia de fadas não poderia fazer isso, embora acreditasse que nós, fadas do céu, temos mais poder do que é concedido às fadas da terra. A magia da Yookoohoo provou ser muito estranha em seu funcionamento e diferente da magia normalmente praticada, mas talvez Glinda ou Ozma possam entendê-la melhor do que eu. Nelas está nossa única esperança. A menos que elas possam nos ajudar, permaneceremos para sempre com essa aparência.

– Um canário em um Arco-íris não seria tão ruim – afirmou a coruja de estanho, piscando com seus olhos redondos de lata. – Então, se você conseguir encontrar o seu Arco-íris de novo, não precisa se preocupar com nada.

– Isso é um absurdo, amigo Lenhador! – exclamou Woot. – Eu sei exatamente como Policromia se sente. Uma linda garota é muito superior a um passarinho amarelo, e um menino, tal qual eu era, é muito melhor do que um macaco verde. Nenhum de nós poderá ser feliz novamente, a não ser que recuperemos nossas formas legítimas.

– Eu me sinto da mesma forma – anunciou o ursinho de palha.

– O que você acha que minha amiga, a Menina dos Retalhos, iria pensar de mim, se me visse usando esta forma bestial?

– Ela iria rir até chorar – admitiu a coruja de estanho.

– De minha parte, terei que desistir da ideia de me casar com Nimmie Amee, mas vou tentar não deixar isso me aborrecer. Se for meu dever, gostaria de cumpri-lo, mas se a magia impedir que eu me case, vou continuar sozinho e me contentar com isso.

Seus graves infortúnios os deixaram em silêncio por um tempo, e como seus pensamentos estavam ocupados em refletir sobre os males com os quais o destino os sobrecarregou, nenhum deles notou que Jinjur tinha aparecido de repente na porta e estava olhando para eles com espanto. E, no momento seguinte, seu espanto mudou para raiva, pois ali, em sua melhor cadeira de balanço, estava sentado um macaco verde. Em outra cadeira havia uma grande e brilhante coruja empoleirada e, no tapete da sala, um urso-pardo sentava-se agachado. Jinjur não observou o canário, mas ela pegou um cabo de vassoura e correu para a sala, gritando assim que chegou mais perto:

– Saiam daqui, suas criaturas selvagens! Como vocês ousam entrar na minha casa?

Com um golpe de vassoura, ela derrubou o urso-pardo, e a coruja de estanho tentou voar para longe de seu alcance fazendo um grande barulho com suas asas de lata. O macaco verde ficou tão assustado com o ataque repentino que saltou para a lareira, felizmente sem fogo, e tentou escapar escalando pela chaminé. Mas ele achou a abertura muito pequena e acabou caindo de lá. Então ele se agachou tremendo na lareira, com seu lindo pelo verde todo enegrecido com fuligem e coberto com cinzas. Desta posição, Woot assistiu de fora o que aconteceria a seguir.

– Pare, Jinjur, pare! – gritou o urso-pardo, quando a vassoura novamente o ameaçou. – Você não está me reconhecendo? Sou eu, seu velho amigo, o Espantalho.

– Você está tentando me enganar, sua besta travessa! Eu posso ver claramente que você é um urso, um pobre espécime de urso na verdade – retrucou a garota.

– Isso é porque não estou devidamente empalhado – assegurou a ela. – Quando a Sra. Yoop me transformou, ela não percebeu que eu deveria ter mais recheio.

– Quem é a Sra. Yoop? – perguntou Jinjur, fazendo uma pausa com o vassoura ainda erguida.

– Uma gigante no País dos Gillikins.

– Oh, estou começando a entender. Foi a Sra. Yoop quem transformou vocês? Então você é realmente o famoso Espantalho de Oz.

– Eu era, Jinjur. Agora sou, como você me vê, um ursinho-pardo miserável com uma qualidade ruim de preenchimento. Aquela coruja de estanho é ninguém menos do que nosso querido Homem de Lata, Nick Lenhador, o imperador dos Winkies, e este macaco verde é um bom menino que nós recentemente conhecemos: Woot, o Andarilho.

– E eu – disse o canário, voando perto de Jinjur – sou Policromia, a filha do Arco-íris, na forma de um pássaro.

– Meu Deus! – gritou Jinjur, pasma. – Aquela gigante deve ser uma feiticeira muito poderosa e perversa na mesma proporção.

– Ela é uma Yookoohoo – disse Policromia. – Felizmente, conseguimos escapar de seu castelo, e agora estamos a caminho para o de Glinda, a Boa, para ver se ela possui o poder para nos restaurar às nossas formas anteriores.

– Então devo implorar seus perdões. Todos vocês devem perdoar-me – disse Jinjur, guardando a vassoura. – Eu deduzi que vocês fossem um bando de animais selvagens e pouco educados, como normalmente eles costumam ser. Vocês são muito bem-vindos à minha casa e sinto muito não ter o poder de ajudá-los a resolver seus problemas. Por favor, usem minha casa e tudo o que tenho, como se fosse de vocês.

Com esta declaração de paz, o urso sentou sobre suas patas traseiras, a coruja retomou seu poleiro na cadeira e o macaco saiu sorrateiramente da lareira. Jinjur olhou para Woot criticamente e carrancuda.

– Para um macaco verde – disse ela –, você é a criatura mais escura que eu já vi. Você irá deixar meu quarto limpo todo sujo de fuligem e cinzas. O que o levou a pular na chaminé?

– Eu... eu estava com medo – explicou Woot, um pouco envergonhado.

– Bem, você precisa de renovação, e é isso que vai acontecer com você, imediatamente. Venha comigo! – ela comandou.

– O que você vai fazer? – perguntou Woot.

– Dar uma boa esfregada em você – disse Jinjur.

Nem meninos nem macacos gostam de ser esfregados, então Woot se encolheu para longe da garota enérgica, tremendo de medo. Mas Jinjur agarrou-o pela pata e arrastou-o para o quintal, onde, apesar de seus gemidos e lutas, ela o mergulhou em uma banheira de água fria e começou a esfregá-lo com uma escova dura e um pedaço de sabão amarelo.

Esta foi a situação mais difícil que Woot teve que suportar desde que ele se tornou um macaco, mas seus protestos não tiveram nenhuma influência sobre Jinjur, que o ensaboou e o esfregou, e depois o secou com uma toalha grossa.

O urso e a coruja observaram sérios esta operação e acenaram com a cabeça em aprovação quando o pelo verde e sedoso de Woot ficou claro, brilhando ao sol da tarde. O canário parecia se divertir muito soltando uma onda prateada de risos enquanto dizia:

– Muito bem, boa Jinjur. Admiro sua energia e julgamento. Mas eu não tinha ideia de que um macaco poderia ser tão cômico assim enquanto toma banho.

– Eu não sou um macaco! – declarou Woot, ressentido. – Eu sou apenas um menino em forma de macaco, só isso.

– Se você puder me explicar a diferença – disse Jinjur –, eu vou concordar em não lavá-lo novamente, isto é, a menos que você entre na lareira. Todas as pessoas são geralmente julgadas pelas formas em que aparecem aos olhos dos outros. Olhe para mim, Woot, o que eu sou?

Woot olhou para ela.

– Você é a garota mais bonita que eu já vi – ele respondeu.

Jinjur franziu a testa. Isto é, ela se esforçou para franzir a testa.

– Venha para o jardim comigo – disse ela. – Vou dar a você alguns dos caramelos mais deliciosos que já comeu. Eles são uma nova variedade, que ninguém mais cultiva além de mim, e eles têm um sabor de heliotrópio.

OZMA E DOROTHY

Em seu magnífico palácio na Cidade das Esmeraldas, a linda garota governante de toda a maravilhosa Terra de Oz estava em seu elegante *boudoir* com sua amiga, princesa Dorothy, ao lado dela. Ozma estudava um rolo de manuscrito que *ela* havia tirado da Biblioteca Real, enquanto Dorothy trabalhava em seus bordados e, às vezes, abaixava-se para fazer carinho em um cachorrinho preto peludo que estava deitado nos pés da garota. O nome do cachorrinho era Totó. Ele era companheiro fiel de Dorothy. A julgar Ozma de Oz pelos padrões de nosso mundo, você pensaria que ela é muito jovem, talvez quatorze ou quinze anos de idade. Ela governou a Terra de Oz por anos e nunca pareceu envelhecer um único dia. Dorothy parecia muito mais jovem do que Ozma. Ela chegou em Oz pela primeira vez quando ainda era uma garotinha, e ainda estava do mesmo jeito, não ficou um dia mais velha desde que passou a viver neste maravilhoso país das fadas.

Oz nem sempre foi um país das fadas, segundo me disseram. Uma vez foi muito parecido com outras terras, exceto por ser cercado por um deserto terrível de resíduos arenosos que se estendem ao seu redor, evitando assim que seu povo entre em contato com o resto do mundo. Vendo esse isolamento, um grupo de fadas da Rainha Lurline, passando por Oz durante uma viagem, encantou o país e assim o tornou uma Terra das Fadas. A Rainha Lurline deixou uma de suas fadas para governar esta encantada Terra de Oz, e então seguiu seu caminho e se esqueceu de tudo isso.

A partir daquele momento, ninguém em Oz morreu. Aqueles que eram velhos permaneceram velhos e aqueles que eram jovens e fortes não mudaram com o passar dos anos. As crianças permaneceram crianças para sempre, brincando com toda a força de seus corações, enquanto todos os bebês viviam em seus berços e eram cuidados com ternura e nunca cresciam. Então, as pessoas em Oz pararam de contar a idade em anos, pois isso não faria mais diferença na aparência, e não podiam alterar seu estado. Eles também não ficavam doentes, então não havia médicos entre eles.

Acidentes podiam acontecer com alguns, em raras ocasiões, é verdade, e embora ninguém pudesse morrer naturalmente como as outras pessoas fazem, era possível que alguém pudesse ser totalmente destruído. Esses incidentes, no entanto, eram muito incomuns, e raramente acontecia algo que preocupasse o povo alegre e contente de Oz. Outra coisa estranha sobre esta Terra das Fadas é que quem do mundo exterior conseguisse entrar em Oz ficava sob o feitiço do lugar e não mudava sua aparência enquanto lá vivesse. Então Dorothy, que agora vivia com Ozma, parecia a mesma menina doce que ela tinha sido quando veio pela primeira vez a este encantador reino das fadas.

Talvez, nem todas as partes de Oz possam ser chamadas de agradáveis, mas certamente o bairro onde Ozma reinava, na Cidade das Esmeraldas, era. Sua influência amorosa era sentida por muitos quilômetros de distância, mas havia lugares nas montanhas do País dos Gillikins, nas florestas do País dos Quadlings, e talvez em partes distantes do País dos Munchkins e do País dos Winkies, onde os habitantes eram um tanto rudes e não civilizados e ainda não tinham estado sob o feitiço do governo sábio e gentil de Ozma. Além disso, quando Oz se tornou um país das fadas, abrigou várias bruxas, mágicos, feiticeiros e necromantes que estavam espalhados em várias partes, mas a maioria deles foi privado de seus poderes mágicos, e Ozma emitiu um decreto proibindo qualquer um em seus domínios de fazer magia, exceto Glinda, a Boa, e o Mágico de Oz. A própria Ozma, sendo uma fada de verdade, sabia muitas magias, mas ela só usava para beneficiar seus súditos.

Esta pequena explicação irá ajudá-lo a entender melhor a história em que você está adentrando, mas a maior parte dela já é conhecida por aqueles que estão familiarizados com o povo de Oz, cujas aventuras são continuação de outros livros de Oz.

Ozma e Dorothy ficaram amigas rápido e passavam um bom tempo juntas. Todos em Oz amavam Dorothy tanto quanto sua adorável governante, pois a boa sorte da pequena garota do Kansas não havia lhe subido à cabeça ou a tornado arrogante. Ela era a mesma criança corajosa, verdadeira e aventureira de antes, que agora vivia em um palácio real e se tornara amiga da fada Ozma.

Na sala em que as duas estavam sentadas, que era uma das suítes privadas dos aposentos de Ozma, estava o famoso Quadro Mágico. Este era a fonte de constante interesse para a pequena Dorothy. Bastava ficar diante dele e desejar ver o que qualquer pessoa estava fazendo, imediatamente uma cena piscaria na superfície mágica, mostrando onde aquela pessoa estava. E, como uma fotografia em movimento, as ações dessa pessoa também eram mostradas, desde que você tivesse interesse em vê-las.

Então, hoje, quando Dorothy se cansou de seus bordados, ela fechou as cortinas diante do Quadro Mágico para ver o que seu amigo Botão-Brilhante estaria fazendo. O garotinho com roupa de marinheiro estava jogando bola com Ojo, o menino Munchkin, então Dorothy em seguida desejou ver o que sua tia Em estaria fazendo. A foto mostrava tia Em silenciosamente envolvida em cerzir meias para o tio Henry, então Dorothy desejou ver o que seu antigo amigo, o Homem de Lata, estaria fazendo e viu o imperador dos Winkies saindo de seu castelo de estanho na companhia do Espantalho e de Woot, o Andarilho.

Dorothy nunca tinha visto esse menino antes, então ela se perguntou quem ele poderia ser. Ela também estava curiosa para saber aonde os três estavam indo, pois ela notou a mochila de Woot e constatou que eles tinham acabado de iniciar uma aventura. Ela perguntou a Ozma sobre isso, mas a governante de Oz não soube responder.

Naquela tarde, Dorothy viu novamente os viajantes no Quadro Mágico, mas eles estavam apenas vagando pelo país e Dorothy não continuou interessada em observá-los. Alguns dias depois, no entanto, a menina, estando novamente com Ozma, quis ver seus amigos, o Espantalho e o Homem de Lata, e nesta ocasião os encontrou no grande castelo da Sra. Yoop, a Gigante, que estava prestes a transformá-los. Dorothy e Ozma agora tinham ficado bastante interessadas e assistiram às transformações com indignação e horror.

– Que Gigante perversa! – exclamou Dorothy.

– Sim – respondeu Ozma. – Ela deve ser punida por ter feito essa crueldade com nossos amigos, e com o pobre garoto que está com eles.

Depois disso, seguiram a aventura do pequeno urso-pardo, da coruja de estanho e do macaco verde sem fôlego, e ficaram extasiadas quando viram que eles conseguiram escapar da Sra. Yoop. Elas não sabiam, até então, quem o canário era, mas perceberam que deveria ser a transformação de alguma pessoa importante, a quem a Gigante também havia encantado. Quando, finalmente, chegou o dia em que os aventureiros dirigiram-se para o sul em direção ao País dos Munchkin, Dorothy perguntou ansiosamente:

– Não há como fazer algo por eles, Ozma? Talvez transformá-los de volta em suas próprias formas? Parece-me que eles sofreram muito com essas transformações terríveis.

– Tenho estudado maneiras de ajudá-los desde que foram transformados – respondeu Ozma. – A Sra. Yoop é agora a única Yookoohoo em meus domínios, e a magia de um Yookoohoo é muito peculiar e difícil de entender, mas estou decidida a tentar quebrar esses encantos. Há a possibilidade de eu não ter sucesso, mas farei o melhor que puder. Pela direção que nossos amigos estão indo, acredito que eles irão passar pelo Rancho de Jinjur, então, se sairmos agora, podemos encontrá-los lá. Você gostaria de ir comigo, Dorothy?

– Claro – respondeu a menina. – Eu não perderia isso por nada!

– Então peça que tragam a Carruagem Vermelha – disse Ozma de Oz – e nós partiremos imediatamente.

Dorothy correu para fazer o que lhe fora pedido, enquanto Ozma foi para seu Quarto Mágico preparar as coisas que ela acreditava que precisaria. Em meia hora, a Carruagem Vermelha parou diante da grande entrada do palácio, e nela estava engatado Cavalete, o corcel favorito de Ozma.

Este Cavalete, embora feito de madeira, era muito vivo e podia viajar rapidamente e sem se cansar. Para evitar que as pontas de suas pernas de madeira desgastassem, Ozma havia calçado o Cavalete com placas de ouro puro. Seu arreio era cravejado de esmeraldas brilhantes e outras joias e, embora ele próprio não fosse o mais belo dos equinos, seu traje tinha uma aparência esplêndida.

Como o Cavalete podia entender suas palavras, Ozma não usava rédeas para guiá-lo. Ela apenas dizia aonde queria ir. Quando ela veio do palácio com Dorothy, as duas subiram na Carruagem Vermelha e então o cachorrinho, Totó, correu e perguntou:

– Você vai me deixar para trás, Dorothy? – Dorothy olhou para Ozma, que sorriu de volta e disse:

– Totó pode ir conosco, se você assim desejar.

Então Dorothy colocou o cachorrinho no banco, pois, embora ele pudesse correr rápido, não conseguiria acompanhar a velocidade do maravilhoso Cavalete.

Eles então partiram, passando por colinas e prados, a uma velocidade surpreendente. Portanto, não é de surpreender que a Carruagem Vermelha tenha chegado à casa de Jinjur no momento em que aquela jovem enérgica tinha terminado de esfregar o macaco verde e estava prestes para levá-lo ao campo de caramelo.

A RESTAURAÇÃO

A coruja de estanho deu um grito de alegria quando viu a Carruagem Vermelha parada diante da casa de Jinjur, e o urso-pardo grunhiu e rosnou de alegria ao trotar em direção a Ozma o mais rápido que podia. Já o canário voou rapidamente até o ombro de Dorothy e empoleirou-se lá, dizendo no ouvido dela:

– Graças a Deus vocês vieram ao nosso resgate!
– Mas quem é você? – perguntou Dorothy.
– Você não sabe? – respondeu o canário.
– Não. A primeira vez que notamos você no Quadro Mágico, você era apenas um pássaro, como é agora. Mas imaginamos que a mulher Gigante tenha transformado você também, assim como fez com os outros.
– Sim, sou Policromia, a filha do Arco-íris – anunciou o canário.
– Meu Deus! – gritou Dorothy. – Que terrível!
– Bem, eu fiquei um pássaro bastante bonito, na minha opinião – disse Policromia –, mas é claro que estou ansiosa para retomar minha própria forma e voltar ao meu Arco-íris.
– Ozma vai ajudar com isso, tenho certeza – disse Dorothy. – Qual é a sensação de ser um urso, Espantalho? – ela perguntou, dirigindo-se ao seu velho amigo.

– Eu não gosto nem um pouco – declarou o urso-espantalho. – Esta forma brutal está muito abaixo da dignidade de um espantalho saudável.

– E eu? – disse a coruja, empoleirando-se no painel da Carruagem Vermelha fazendo bastante barulho com suas penas de estanho. – Eu não estou horrível, Dorothy, com olhos muito maiores do que meu corpo, e com uma visão tão fraca que deveria usar óculos?

– Bem – disse Dorothy criticamente, enquanto o olhava mais de perto –, não há motivo para se gabar, devo confessar. Ozma logo vai consertar isso.

O macaco verde ficou mais atrás, tímido ao encontrar duas lindas garotas estando com a forma de uma besta, mas Jinjur agora pegou sua mão e o levou para a frente enquanto ela o apresentava a Ozma, e Woot conseguiu fazer uma reverência até que graciosa, diante de sua majestade feminina, a governante de Oz.

– Todos vocês foram forçados a suportar uma triste experiência – disse Ozma – e por isso estou ansiosa para fazer tudo que estiver a meu alcance para quebrar os encantos da Sra. Yoop. Mas, primeiro, digam-me como vocês se desviaram para o vale solitário onde fica o Castelo de Yoop.

Eles relataram o objetivo de sua jornada, e o pequeno urso-pardo contou sobre a decisão do Homem de Lata de encontrar Nimmie Amee e se casar com ela, como uma justa recompensa por sua lealdade a ele. Woot falou sobre suas aventuras com os Gasos de Gasópolis, e a coruja de estanho descreveu a maneira como eles tinham sido capturados e transformados pela Gigante. Então Policromia contou sua história e, quando todos tinham terminado seus relatos, e Dorothy já tinha reprovado a atitude de Totó por rosnar para a coruja de estanho, Ozma permaneceu pensativa por um momento, ponderando sobre o que tinha ouvido. Finalmente, ela olhou para cima e, com um de seus sorrisos encantadores, disse para o grupo ansioso:

– Não tenho certeza se minha magia será capaz de restaurar cada um de vocês, porque suas transformações são de origem estranha e incomum. De fato, a Sra. Yoop estava bastante certa em não acreditar que nenhum poder poderia alterar seus encantos. No entanto, tenho certeza de que posso restaurar o Espantalho à sua forma original. Ele fora recheado com palha desde o início, e mesmo a magia de uma yookoohoo não poderia alterar isso. A Gigante foi capaz apenas de fazer um urso à forma de um homem, mas o urso é recheado com palha, assim como o homem era. Então estou confiante de que posso fazer um homem do urso novamente.

– Viva! – gritou o urso-pardo, tentando desajeitadamente fazer uma dança de contentamento.

– Quanto ao Homem de Lata, seu caso é praticamente o mesmo – retomou Ozma, ainda sorrindo. – O poder da Gigante não poderia torná-lo nada além de uma criatura de estanho, qualquer que fosse a forma em que ela o tivesse transformado, então não seria impossível restaurá-lo à sua forma masculina. Enfim, vou testar minha magia de uma vez e ver se isso irá funcionar como prometi.

Ela tirou de seu peito uma pequena varinha de prata e, fazendo passes com ela sobre a cabeça do urso, a fada teve sucesso em um breve momento, logo quebrando o encantamento. O Espantalho de Oz original estava novamente diante deles, bem recheado com palha e com suas feições lindamente pintadas na bolsa que formava sua cabeça.

O Espantalho ficou muito contente, como você pode supor, e ele se pavoneava com orgulho enquanto a poderosa fada, Ozma de Oz, quebrava o encantamento que tinha transformado o Homem de Lata em uma coruja, voltando a ser um homem de lata.

– E agora – gorjeou o canário, ansioso. – Eu sou a próxima, Ozma!

– O seu caso é diferente – respondeu Ozma, não mais sorrindo, mas com uma expressão séria em seu doce rosto. – Vou ter que experimentar algumas coisas em você, Policromia, e posso falhar em todas as minhas tentativas.

Ela então tentou dois ou três métodos diferentes de magia, esperando que um deles conseguisse quebrar o encantamento de Poly, mas a filha do Arco-íris continuava sendo um pássaro. Finalmente, ela experimentou outro método. Ozma transformou o canário em uma pomba, e depois transformou a pomba em uma galinha pintada e, em seguida, mudou a galinha para um coelho, e então o coelho para uma corça. E, por último, depois de misturar vários pós e borrifá-los na fada, o encantamento da Yookoohoo foi repentinamente quebrado, e diante deles estava uma das mais delicadas e adoráveis criaturas de qualquer país das fadas do mundo.

Policromia era tão doce e alegre quanto linda e, quando ela dançava e saltitava de alegria, seu lindo cabelo flutuava em torno dela como uma névoa dourada, e suas vestes multicoloridas, tão suaves quanto teias de aranha, lembravam nuvens em um céu de verão.

Woot ficou tão impressionado com a visão fascinante desta requintada fada do céu que esqueceu completamente sua triste condição, até notar Ozma olhando para ele com uma expressão intensa que denotava simpatia e pesar.

Dorothy sussurrou no ouvido de sua amiga, mas a governante de Oz balançou a cabeça tristemente. Jinjur, percebendo isso e entendendo o olhar de Ozma, pegou a pata do macaco verde e deu um tapinha nela suavemente.

– Não importa – ela disse a Woot. – Você tem uma bela cor, e um macaco pode escalar melhor do que um menino e fazer muito mais coisas que uma criança poderia fazer.

– Qual é o problema? – perguntou Woot, com um sentimento de desesperança em seu coração. – A magia de Ozma acabou?

A própria Ozma respondeu.

– Sua forma de encantamento, meu pobre menino – disse ela lamentando –, é diferente das outras. Na verdade, é uma forma impossível de ser alterada por qualquer magia conhecida por fadas ou yookoohoos. A Gigante perversa estava bem ciente disso quando deu a você a forma de um macaco verde, pois queria que esta forma existisse na Terra de Oz para sempre.

Woot deu um longo suspiro.

– Bem, isso é muito azar – disse ele, sério. – Mas, se não posso evitar, devo me adaptar a isso. Eu não gosto de ser um macaco, mas de que adianta lutar contra o meu destino?

Todos sentiam muito por ele, e Dorothy ansiosamente perguntou a Ozma:

– Glinda não poderia salvá-lo?
– Não – foi a resposta. – O poder de Glinda nas transformações não é maior do que o meu. Antes de eu deixar meu palácio, fui para o meu quarto mágico e estudei o caso de Woot com muito cuidado. Descobri que nenhum poder poderia acabar com o macaco verde. Ele pode até transferir ou trocar sua forma com alguma outra pessoa, mas o macaco verde não poderemos livrar por nenhuma magia conhecida pela ciência.
– Vejamos – disse o Espantalho, que tinha ouvido atentamente esta explicação –, por que não colocar a forma de macaco em outra pessoa?
– Mas quem concordaria em fazer a troca? – perguntou Ozma. – E se fizéssemos com que qualquer outra pessoa se tornasse um macaco verde à força, seríamos tão cruéis e perversos quanto a Sra. Yoop. E de que adiantaria uma troca? – ela continuou. – Suponha, por exemplo, que trabalhássemos o encantamento e transformássemos Totó em um macaco verde. No mesmo momento, Woot se tornaria um cachorrinho.
– Deixe-me fora de sua magia, por favor – disse Totó, com um rosnado de reprovação. – Eu não me tornaria um macaco verde por nada.
– E eu não me tornaria um cachorro – disse Woot. – Um macaco verde é muito melhor que um cachorro.
– Isso é apenas uma questão de opinião – respondeu Totó.
– Tenho outra ideia – disse o Espantalho. – Meu cérebro está funcionando bem hoje, devo admitir. Por que não transformar Totó em Woot, o Andarilho, e em seguida eles trocam de forma? O cachorro se tornaria um macaco verde e o macaco teria sua forma natural novamente.
– É mesmo! – gritou Jinjur. – Essa é uma boa ideia.
– Deixem-me fora disso – disse Totó. – Eu não vou fazer isso.
– Você não estaria disposto a se tornar um macaco verde? Veja que cor bonita ele tem. Dessa forma você ajudaria este pobre menino a ser restaurado à sua própria forma. O que acha? – perguntou Jinjur, suplicante.
– Não – disse Totó.
– Não gosto nem um pouco desse plano – declarou Dorothy –, pois então eu não teria nenhum cachorrinho.

– Mas você teria um macaco verde em seu lugar – persistiu Jinjur, que gostava de Woot e queria ajudá-lo.

– Eu não quero um macaco verde – disse Dorothy positivamente.

– Não sugiram isso de novo, eu imploro – disse Woot. – Este é meu infortúnio e prefiro sofrê-lo sozinho a privar a princesa Dorothy de seu cachorro, ou privar o cão de sua forma adequada. E talvez até Sua Majestade, Ozma de Oz, pode não ser capaz de transformar qualquer um na forma de Woot, o Andarilho.

– Sim, acho que posso fazer isso – Ozma respondeu. – Mas Woot está certo. Não temos razão para infligir a alguém, homem ou cachorro, a forma de um macaco verde. Também não é certo, para aliviar o menino da forma que ele usa agora, dá-la a outra pessoa, que seria forçada a usá-la sempre.

– Mas – disse Dorothy, pensativa –, e se nós não conseguirmos encontrar alguém na Terra de Oz que esteja disposto a se tornar um macaco verde? Um macaco é ativo e ágil, pode subir em árvores e fazer muitas coisas inteligentes, e verde não é uma cor ruim para um macaco, isso o torna incomum.

– Eu não pediria a ninguém para assumir esta forma terrível – disse Woot. – Não seria certo. Eu tenho sido um macaco há algum tempo agora, e não gosto disso. Tenho vergonha de ser uma besta desse tipo quando por direito de nascimento sou um menino. Por isso tenho certeza de que seria perverso pedir a alguém para tomar o meu lugar.

Todos ficaram em silêncio, pois sabiam que ele falava a verdade. Dorothy estava quase pronta para chorar de pena, e o rosto doce de Ozma estava triste e perturbado. O Espantalho esfregou e afagou sua cabeça fofa para tentar fazê-lo pensar melhor, enquanto o Homem de Lata entrava na casa para lubrificar suas juntas de estanho, pois a tristeza de seus amigos não podia fazê-lo chorar, pois as lágrimas iriam enferrujá-lo, e o imperador se orgulhava de seu corpo altamente polido, principalmente agora que passou um tempo privado dele.

Policromia havia dançado pelos caminhos do jardim, indo e voltando uma dúzia de vezes, pois ela raramente ficava parada, no entanto, ela tinha ouvido o discurso de Ozma e entendeu muito bem a situação infeliz de Woot. Mas a filha do Arco-íris, mesmo enquanto dançava, conseguia pensar e raciocinar muito claramente, e de repente ela resolveu o problema da maneira mais agradável possível. Chegando perto de Ozma, disse:

– Vossa Majestade, todos esses problemas foram causados pela maldade da Sra. Yoop, a Gigante. No entanto, mesmo agora aquela mulher cruel está vivendo em seu castelo isolado, feliz com o pensamento de que colocou este terrível encantamento em Woot, o Andarilho. Mesmo agora ela está rindo do nosso desespero porque não podemos encontrar uma maneira de livrá-lo do macaco verde. Pois bem, não desejamos nos livrar dele. Deixe que a mulher que criou a forma use-a ela mesma, como um castigo justo para sua maldade. Tenho certeza de que seu poder de fada pode dar à Sra. Yoop a forma de Woot, o Andarilho, mesmo a esta distância, e então será possível trocar as duas formas. A Sra. Yoop vai se tornar o macaco verde e Woot irá recuperar sua própria forma novamente.

O rosto de Ozma iluminou-se ao ouvir esta proposta.

– Obrigada, Policromia – disse ela. – A tarefa que você propôs não é tão fácil quanto parece, mas farei uma tentativa. Talvez eu possa ter sucesso.

O MACACO VERDE

Eles agora entraram na casa e, como um grupo interessado, assistiram Jinjur, ao comando de Ozma, acender uma fogueira e colocar um caldeirão com água para ferver. A governante de Oz parou diante do fogo em silêncio, séria, enquanto os outros, percebendo que um importante ritual de magia estava prestes a ser realizado, ficaram quietos no fundo para não interromperem os procedimentos de Ozma. Apenas Policromia continuava entrando e saindo, cantarolando baixinho para si mesma enquanto dançava, pois a filha do Arco-íris não podia ficar quieta por muito tempo, e as quatro paredes de uma sala sempre a deixavam nervosa e pouco à vontade. Ela se movia muito silenciosamente e seus movimentos eram como o deslocamento dos raios de sol, por isso não incomodavam ninguém.

Quando a água do caldeirão borbulhou, Ozma tirou de seu peito dois minúsculos pacotes contendo pós que ela jogou no caldeirão e depois rapidamente mexeu o conteúdo com um galho de arbusto de macaron. A fada então derramou o caldo místico em um prato largo que Jinjur colocou sobre a mesa e, assim que o caldo esfriou, tornou-se prata, refletindo todos os objetos de sua superfície lisa como um espelho.

Enquanto seus companheiros se reuniam ao redor da mesa, ansiosamente atentos, com Dorothy segurando o pequeno Totó nos braços para que ele pudesse ver também, Ozma acenou com a varinha sobre a superfície semelhante a um espelho. Imediatamente, apareceu a imagem do interior do Castelo Yoop, e na grande sala estava sentada a Sra. Yoop, em suas melhores vestes de seda bordadas, envolvida em tecer um novo avental de renda para substituir o que ela tinha perdido.

    A Gigante parecia um pouco inquieta, como se tivesse uma leve noção de que alguém a estava espionando, pois ficava olhando para trás, para um lado e para o outro, como se esperasse perigo de uma fonte desconhecida. Possivelmente, algum instinto yookoohoo a avisou. Woot viu que ela tinha escapado de seu quarto, por algum dos meios mágicos à sua disposição, após seus prisioneiros terem escapado dela, pois a enorme mulher agora estava ocupando a grande sala de seu castelo como costumava fazer. Woot também pensou, ao olhar a cruel expressão no rosto da Gigante, que ela estava planejando se vingar deles, assim que seu novo avental mágico estivesse pronto.

    Mas Ozma agora estava fazendo passes sobre o prato com sua varinha de prata. Então, o corpo da Gigante começou a encolher de tamanho e a mudar de forma. E agora, em seu lugar, estava a forma de Woot, o Andarilho. Como se de repente percebesse sua transformação, a Sra. Yoop largou o que estava fazendo e correu para um espelho que ficava na parede de seu quarto. Quando viu a forma do menino refletida em sua imagem, cresceu violentamente sua raiva e ela bateu a cabeça contra o espelho, quebrando-o em átomos.

    Só então, Ozma, ocupada com sua varinha mágica, começou a fazer figuras estranhas, e também colocou a mão esquerda firmemente no ombro do macaco verde. Agora, com todos os olhos voltados para o prato, a forma da Sra. Yoop gradualmente mudou mais uma vez. Pouco a pouco, ela foi se transformando no macaco verde, e ao mesmo tempo Woot lentamente recuperou sua forma natural.

    Foi uma grande surpresa para todos quando levantaram seus olhos do prato e viram Woot, o Andarilho, em pé ao lado de Ozma. E, quando olharam para o prato novamente, a superfície não refletia nada além das paredes da sala na casa de Jinjur, em que eles estavam. O ritual mágico havia sido encerrado, e Ozma de Oz tinha triunfado sobre a Gigante perversa.

– O que será dela? – indagou Dorothy, com um longo suspiro.

– Ela permanecerá para sempre um macaco verde – respondeu Ozma. – E, com essa forma, ela será incapaz de praticar qualquer magia. Mas ela não vai ser infeliz, pois, como vive sozinha em seu castelo, provavelmente não se importará muito com a transformação depois de se acostumar com ela.

– De qualquer forma, isso combina com ela – declarou Dorothy, e todos concordaram com ela.

– Mas – disse o bondoso Homem de Lata – receio que o macaco verde morrerá de fome, pois a Sra. Yoop costumava fazer sua comida por magia, e agora que a magia foi tirada dela, o que ela irá comer?

– Ora, ela irá comer o que outros macacos comem – o Espantalho respondeu. – Mesmo na forma de um macaco verde, ela é uma pessoa muito inteligente, e tenho certeza de que sua inteligência irá mostrar a ela como conseguir o suficiente para comer.

– Não se preocupem com ela – aconselhou Dorothy. – Ela não se preocupou com vocês, e a condição dela não é pior do que a condição que ela impôs ao pobre Woot. Ela não pode morrer de fome na Terra de Oz, isso é certo, e se ela ficar com fome às vezes, não é mais do que alguém perverso como ela merece. Vamos esquecer a Sra. Yoop, pois, apesar de ela ser uma yookoohoo, nossas amigas fadas quebraram todas suas transformações.

O HOMEM DE LATA

Ozma e Dorothy ficaram bastante afeiçoadas a Woot, o Andarilho, a quem acharam modesto, inteligente e muito bem-educado. O menino estava realmente grato por sua libertação do feitiço cruel e prometeu amar, reverenciar e defender a garota governante de Oz para sempre, como um súdito fiel.

– Você pode me visitar em meu palácio, se desejar – disse Ozma –, onde terei o prazer de apresentá-lo a outros dois garotos legais, Ojo, o Munchkin, e Botão-Brilhante.

– Obrigado, Vossa Majestade – respondeu Woot, e então ele se virou para o Homem de Lata e perguntou:

– Quais são os seus planos, Sr. Imperador? Ainda vai procurar Nimmie Amee e se casar com ela, ou irá abandonar a missão e voltar para seu castelo na Cidade das Esmeraldas?

O Homem de Lata, agora altamente polido e bem lubrificado como sempre, refletiu um pouco sobre essa questão e então respondeu:

– Bem, não vejo razão para não encontrar Nimmie Amee. Estamos agora no País dos Munchkins e perfeitamente seguros. Se antes do nosso encantamento era certo para mim que eu iria me casar com Nimmie Amee e torná-la imperatriz dos Winkies, agora que o encantamento foi quebrado e sou mais uma vez eu mesmo, devo fazer isso imediatamente. Estou certo, amigo Espantalho?

– Está sim! – respondeu o Espantalho. – Ninguém pode se opor a tal lógica.

– Mas temo que você não ame Nimmie Amee – sugeriu Dorothy.

– Isso é porque eu não posso amar ninguém – respondeu o Homem de Lata. – Mas, se eu não posso amar minha esposa, eu posso pelo menos ser gentil com ela, e nem todos os maridos são capazes de fazer isso.

– Você acha que Nimmie Amee ainda o ama, depois de todos esses anos? – perguntou Dorothy.

– Tenho certeza disso, e é por isso que vou até ela para fazê-la feliz. Woot, o Andarilho, acha que eu devo recompensá-la por ter sido fiel a mim depois que a carne do meu corpo fora cortada em pedaços e eu me tornei estanho. O que acha, Ozma?

Ozma sorriu ao dizer:

– Eu não conheço sua Nimmie Amee, então não posso dizer o que ela mais precisa para ser feliz. Mas não há nenhum mal em você ir até ela e perguntar se ela ainda deseja se casar com você. Se ela ainda quiser, vamos dar-lhes um grande casamento na Cidade das Esmeraldas e, depois, como imperatriz dos Winkies, Nimmie Amee se tornaria uma das mulheres mais importantes de toda Oz.

Então foi decidido que o Homem de Lata continuaria sua jornada, e que o Espantalho e Woot, o Andarilho, deveriam acompanhá-lo, como antes. Policromia também decidiu se juntar ao grupo, para a surpresa de todos.

– Eu odeio ficar confinada em um palácio – ela disse a Ozma –, e assim que eu encontrar meu Arco-íris, devo voltar para minha querida casa nos céus, onde minhas irmãs fadas estão agora esperando por mim e meu pai deve estar irritado porque me perco com muita frequência. Mas posso encontrar meu Arco-íris durante a viagem ao País dos Munchkins com a mesma rapidez que faria se estivesse na Cidade das Esmeraldas, ou em qualquer outro lugar em Oz, então irei com o Homem de Lata para ajudá-lo a cortejar Nimmie Amee.

    Dorothy queria ir também, mas como o Homem de Lata não a convidou para participar de sua aventura, ela sentiu que poderia estar se intrometendo se pedisse para ser levada. Ela até insinuou que queria ir junto, mas percebeu que ele não entendeu a dica. É realmente bastante delicada a questão de pedir uma garota em casamento, por mais que ela o ame, e talvez o Homem de Lata não deseje ter muitos olhando para ele quando encontrar sua amada Nimmie Amee. Dorothy ficou contente com o pensamento de que ajudaria Ozma a preparar uma esplêndida festa de casamento, seguida por algumas festividades quando o imperador dos Winkies chegasse à Cidade das Esmeraldas com sua noiva.

    Ozma se ofereceu para levá-los até algum lugar que fosse mais próximo da grande floresta Munchkin. A Carruagem Vermelha era grande o suficiente para acomodar a todos, e assim, ao despedirem-se de Jinjur, Woot recebeu uma cesta de profiteroles maduros e caramelos para levar com ele.

    Ozma comandou ao Cavalete para iniciar, e a estranha criatura moveu-se rapidamente sobre as pistas, logo chegando à Estrada de Tijolos Amarelos. Essa estrada levava direto a uma floresta densa, onde o caminho era muito estreito para a Carruagem Vermelha prosseguir, então aqui o grupo se separou.

    Ozma, Dorothy e Totó voltaram para a Cidade das Esmeraldas, depois de desejarem a seus amigos uma viagem segura e bem-sucedida, enquanto o Homem de Lata, o Espantalho, Woot, o Andarilho, e Policromia, a filha do Arco-íris, preparavam-se para abrir caminho pela floresta densa. No entanto, esses caminhos na mata eram bem conhecidos do Homem de Lata e do Espantalho, que se sentiam em casa entre as árvores.

    – Eu nasci nesta grande floresta – disse Nick Lenhador, o imperador de estanho, falando com orgulho – e foi aqui que a Bruxa encantou meu machado e eu perdi diferentes partes do meu corpo de carne até me tornar todo de estanho. Aqui, também, por ser uma grande floresta, Nimmie Amee viveu com a Bruxa Má, e na outra extremidade das árvores fica a casa de meu amigo Ku-Klip, o funileiro famoso que me fez este corpo que estão vendo.

– Ele deve ser um trabalhador habilidoso – declarou Woot, com admiração.

– Ele é simplesmente maravilhoso – declarou o Homem de Lata.

– Ficarei feliz em conhecê-lo – disse Woot.

– Se você deseja encontrar alguém realmente inteligente – observou o Espantalho –, deve visitar o fazendeiro Munchkin que me fez. Não vou dizer que meu amigo, o imperador, não é bom para um homem de lata, mas qualquer juiz de beleza poderia entender que um espantalho é algo muito mais artístico e refinado.

– Você é muito mole e frágil – disse o Homem de Lata.

– Você é muito duro e rígido – disse o Espantalho, e isso foi o mais perto de uma briga que os dois amigos tiveram. Policromia riu de ambos o tanto quanto pôde, e Woot se apressou em mudar de assunto.

À noite, todos acamparam sob as árvores. O menino comeu profiteroles no jantar e ofereceu alguns a Policromia, mas ela preferia outro tipo de comida e, ao amanhecer, bebeu o orvalho que estava grudado nas flores da floresta. Então, seguiram em frente outra vez, e logo o Espantalho fez uma pausa e disse:

– Foi neste mesmo lugar que Dorothy e eu vimos pela primeira vez o Homem de Lata, que estava tão enferrujado que nenhuma de suas articulações se movia. Mas depois que o lubrificamos, ele ficou como novo e nos acompanhou até a Cidade das Esmeraldas.

– Ah, essa foi uma experiência triste – afirmou o imperador dos Winkies sobriamente. – Eu fui pego por uma tempestade enquanto derrubava uma árvore para fazer exercício, e antes que eu percebesse, estava enferrujado em cada junta. Lá fiquei parado, com o machado na mão, incapaz de me mover, por dias, semanas e meses! Na verdade, eu nunca soube quanto tempo foi, mas Dorothy veio e fui salvo. Veja! Esta é a mesma árvore que eu estava cortando no momento em que enferrujei.

– Você deve estar perto de sua antiga casa, nesse caso – disse Woot.

– Sim, minha pequena cabana não fica muito longe, mas não há motivos para visitá-la. Nossa missão é com Nimmie Amee, e sua casa fica um pouco mais longe, à nossa esquerda.

– Você não disse que ela mora com uma Bruxa Má, que faz dela uma escrava? – perguntou o menino.

– Ela fazia, mas não faz mais – foi a resposta. – Disseram-me que a Bruxa foi destruída quando a casa de Dorothy caiu sobre ela, então acredito que agora Nimmie Amee deve estar vivendo sozinha. Eu não a vi mais desde que a Bruxa foi esmagada, pois, naquela época, eu estava enferrujado na floresta e assim fiquei por muito tempo, mas a pobre menina deve ter se sentido muito feliz por ter se livrado de sua ama cruel.

– Bem – disse o Espantalho –, vamos viajar e encontrar Nimmie Amee. Lidere, Vossa Majestade, já que conhece o caminho, e nós o seguiremos.

Então, o Homem de Lata escolheu um caminho que conduzia à parte mais densa da floresta, e eles o seguiram por algum tempo. A iluminação estava fraca porque vinhas, arbustos e folhagens estavam ao redor deles, e muitas vezes o Homem de Lata teve que afastar ou cortar com seu machado os galhos que obstruíam o caminho. Depois de terem avançado alguma distância, o imperador de repente parou e exclamou:

– Meu Deus!

O Espantalho, que era o próximo, esbarrou no amigo e, em seguida, olhou ao redor de seu corpo de lata e disse em um tom de admiração:

– Minha nossa!

Woot, o Andarilho, avançou rapidamente para ver do que se tratava e gritou de espanto:

– Mas o que é isso?!

Então os três ficaram imóveis, olhando fixamente, até a risada alegre de Policromia soar atrás deles, despertando-os de seu estupor.

No caminho diante deles estava um homem de estanho que era a cópia exata do Homem de Lata. Ele era do mesmo tamanho, articulado da mesma maneira, e era feito de estanho brilhante da cabeça aos pés. Mas permanecia imóvel, com suas mandíbulas de estanho entreabertas e seus olhos voltados para cima. Em uma de suas mãos segurava uma espada longa e brilhante. Sim, havia uma diferença, a única coisa que o distinguia do imperador dos Winkies. Este homem de estanho carregava uma espada, enquanto o Homem de Lata carregava um machado.

– É um sonho, só pode ser um sonho! – engasgou Woot.

– É isso, é claro – disse o Espantalho. – Não há como haver dois homens de lata.

– Não – concordou Policromia, dançando mais perto do estranho. – Este é um soldado de estanho. Vocês não viram a espada?

O Homem de Lata cautelosamente estendeu uma mão de estanho e sentiu o braço de seu sósia. Então ele disse com uma voz que tremia de emoção:

– Quem é você, amigo?

Não houve resposta.

– Você não vê que ele está enferrujado, assim como você estava? – perguntou Policromia, rindo novamente. – Aqui, Nick Lenhador, empreste-me sua lata de óleo um minuto!

O Homem de Lata silenciosamente entregou a ela sua lata de óleo, sem a qual ele nunca viajou, e Policromia primeiro untou as mandíbulas de lata do estranho e depois trabalhou gentilmente para a frente e para trás, até que o soldado dissesse:

– Já chega. Obrigado. Agora posso falar. Mas, por favor, lubrifique minhas outras articulações.

Woot pegou a lata de óleo e fez isso ele mesmo, mas todos os outros ajudaram a mexer as juntas do soldado assim que foram lubrificadas, até que se movessem livremente. O Soldado de Estanho parecia muito satisfeito com sua libertação. Ele se pavoneava para cima e para baixo, dizendo em voz alta, voz fina:

> *O Soldado enfrenta o perigo.*
> *Ao marchar em desfile,*
> *Ou, ao se deparar com o inimigo*
> *Ele nunca se esquiva.*
>
> *Ele corrige os erros das nações,*
> *A bandeira de seu país defende,*
> *E lutará com grande deleite,*
> *Contra aquilo que o ofende.*

CAPITÃO FYTER

– Você é mesmo um soldado? – perguntou Woot, enquanto eles assistiam a esta estranha pessoa de lata desfilar para cima e para baixo e orgulhosamente ostentar sua espada.

– Eu era um soldado – foi a resposta –, mas me tornei prisioneiro do Sr. Rust por tanto tempo que não sei exatamente o que sou agora.

– Mas... Meu Deus! – gritou o Homem de Lata, tristemente perplexo. – Como seu corpo passou a ser feito de estanho?

– Isso – respondeu o soldado – é uma história triste, muito triste. Eu estava apaixonado por uma linda garota Munchkin, que vivia com uma bruxa má. A bruxa não queria que eu me casasse com a menina, então ela encantou minha espada, que começou a me cortar em pedaços. Quando perdi minhas pernas, fui para o funileiro Ku-Klip e ele me fez pernas de estanho. Quando perdi meus braços, Ku-Klip me fez braços de estanho, e quando perdi minha cabeça ele me fez esta que vocês estão vendo. Aconteceu o mesmo com todo o meu corpo e, finalmente, me tornei um homem de lata. Mas não fiquei infeliz, pois Ku-Klip fez um bom trabalho comigo, pois ele fez o mesmo com outro homem de lata antes mim.

– Sim – observou o Homem de Lata. – Foi Ku-Klip quem me fez. Mas, diga-me, qual era o nome da garota Munchkin por quem você estava apaixonado?

– Ela se chama Nimmie Amee – disse o Soldado de Estanho.

Ouvindo isso, eles ficaram tão surpresos que permaneceram em silêncio por um tempo olhando curiosamente para o estranho. Finalmente, o Homem de Lata se aventurou a perguntou:

– E Nimmie Amee retribuiu seu amor?

– Não no começo – admitiu o oficial. – A primeira vez que marchei até a floresta e a encontrei, ela estava chorando a perda de seu antigo namorado, um lenhador cujo nome era Nick Lenhador.

– Esse sou eu – disse o Homem de Lata.

– Ela me disse que ele era mais interessante que um soldado, pois era todo feito de estanho e brilhava lindamente ao sol. Disse também que um homem de lata aflorava seus instintos artísticos mais do que um homem comum de carne, como eu era até então. Mas não me desesperei, porque seu namorado de lata tinha desaparecido e não fora encontrado. Finalmente, Nimmie Amee me permitiu cortejá-la e nos tornamos amigos. Foi então que a Bruxa Má descobriu e ficou furiosa quando eu disse que queria me casar com a garota. Ela encantou minha espada, como eu falei, e então meus problemas começaram. Quando ganhei minhas pernas de estanho, Nimmie Amee começou a se interessar por mim, quando ganhei meus braços, ela começou a gostar mais de mim do que nunca, e quando me tornei todo de estanho, ela disse que eu me parecia com seu amado Nick Lenhador e que estaria disposta a se casar comigo.

– A data do nosso casamento já estava marcada, mas acabou sendo um dia chuvoso. No entanto, comecei a viver com Nimmie Amee porque a Bruxa ficou ausente por algum tempo, e pretendíamos fugir antes que ela voltasse. Enquanto eu viajava pelos caminhos da floresta, a chuva molhou minhas juntas, mas não prestei atenção a isso porque meus pensamentos estavam todos no meu casamento com a linda Nimmie Amee. Eu não conseguia pensar em mais nada até que, de repente, minhas pernas pararam de se mover. Então meus braços enferrujaram nas juntas e, com medo, gritei por socorro, pois agora eu era incapaz de me lubrificar. Ninguém ouviu meu chamado, e pouco tempo depois minhas mandíbulas enferrujaram, impedindo-me de emitir qualquer outro som. Fiquei desamparado neste local, esperando que algum andarilho viesse em meu caminho e me salvasse. Mas este caminho da floresta raramente é usado, e eu tenho estado aqui há tanto tempo que perdi a noção. Em minha mente, eu compus poesia e cantei canções, mas nenhum som fui capaz de pronunciar. Mas esta condição desesperadora foi aliviada agora que vocês vieram em minha direção, e estou muito grato por terem me resgatado.

– Isso é maravilhoso! – disse o Espantalho, com um suspiro longo e abafado. – Mas acho que Ku-Klip errou ao fazer dois homens de lata, iguais, e a coisa mais estranha de todas é que vocês dois se apaixonaram pela mesma garota.

– Quanto a isso – respondeu o homem com a espada, sério –, devo admitir que perdi minha habilidade de amar quando fiquei sem meu coração de carne. Ku-Klip me deu um coração de lata, mas ele não consegue amar, até onde percebi. Ele apenas chocalha contra minhas costelas de estanho, o que me faz desejar não ter um coração.

– Mas, apesar desta condição, você estava indo se casar com Nimmie Amee?

– Bem, eu havia prometido me casar com ela, e eu sou um homem honesto e sempre procuro cumprir minhas promessas. Eu não queria decepcionar a pobre menina, que já tinha sido decepcionada por um homem de lata.

– Não foi minha culpa – declarou o imperador dos Winkies.

E então ele contou como também enferrujara na floresta e depois de muito tempo fora resgatado por Dorothy e o Espantalho, que o convidaram para ir com eles à Cidade das Esmeraldas para buscar um coração que o fizesse amar.

– Se você encontrou o tal coração, senhor – disse o soldado –, terei prazer em permitir que você se case com Nimmie Amee em meu lugar.

– Se ela o ama mais, senhor – respondeu o lenhador –, não irei interferir no seu casamento com ela. Pois, para ser franco, ainda não posso amar Nimmie Amee como eu costumava amar antes de virar estanho.

– Ainda assim, um de vocês deveria se casar com a pobre garota – comentou Woot. – Se ela gosta de homens de lata, não há muito o que escolher entre vocês. Por que vocês não tiram a sorte para decidir quem ficará com ela?

– Isso não seria certo – disse o Espantalho.

– A moça deve ter liberdade para escolher seu próprio marido – afirmou Policromia. – Vocês dois devem ir até Nimmie Amee para que ela faça sua escolha. Assim ela certamente ficará contente.

– Isso, para mim, parece uma ideia muito justa – disse o Soldado de Estanho.

– Eu concordo – disse o Homem de Lata, apertando a mão de seu gêmeo para mostrar que o assunto tinha sido resolvido. – Posso perguntar o seu nome, senhor? – continuou ele.

– Antes de eu ser fatiado pela espada – respondeu o outro –, eu era conhecido como Capitão Fyter, mas depois passei a ser chamado de "Soldado de Estanho".

– Bem, Capitão, se você estiver de acordo, vamos agora para a casa de Nimmie Amee deixá-la escolher entre nós.

– Muito bem. E se encontrarmos a Bruxa, nós dois lutaremos com ela, você com seu machado e eu com minha espada.

– A Bruxa já foi derrotada – anunciou o Espantalho, e enquanto se afastavam, ele contou ao Soldado de Estanho tudo que tinha acontecido na Terra de Oz desde que ele enferrujou na floresta.

– Devo ter ficado ali muito mais tempo do que imaginava – ele disse pensativamente.

A OFICINA DE KU-KLIP

A viagem até a casa onde Nimmie Amee mora não durou mais do que duas horas, mas quando nossos viajantes chegaram lá encontraram o lugar deserto. A porta estava somente com algumas dobradiças, o telhado havia caído na parte traseira da casa e o interior estava cheio de poeira. Não só o lugar estava vazio, mas era evidente que ninguém morava lá havia muito tempo.

– Eu suponho – disse o Espantalho, enquanto todos estavam olhando abismados para a casa em ruínas – que depois que a Bruxa Má foi destruída, Nimmie Amee se sentiu solitária e foi viver em outro lugar.

– Dificilmente uma jovem viveria sozinha em uma floresta – acrescentou Woot. – Ela iria querer companhia, é claro, e então acredito que ela foi aonde outras pessoas vivem.

– E talvez ela ainda esteja chorando porque nenhum homem de lata veio para se casar com ela – sugeriu Policromia.

– Bem, nesse caso, fica claro que o dever de vocês dois será procurar Nimmie Amee até encontrá-la – declarou o Espantalho.

– Não sei onde procurar a garota – disse o oficial –, pois sou quase um estranho nesta parte do país.

– Eu nasci aqui – disse o Homem de Lata –, mas a floresta tem poucos habitantes, exceto pelas feras. Eu não consigo pensar em ninguém morando perto daqui com quem Nimmie Amee pudesse querer viver.

– Por que não vamos até Ku-Klip perguntar a ele o que aconteceu com a menina? – propôs Policromia.

Todos concordaram que esta parecia ser uma boa sugestão, então mais uma vez o grupo começou a caminhar pela floresta, tomando o caminho direto para a casa de Ku-Klip, com os gêmeos de lata à frente, pois já conheciam muito bem o caminho.

Ku-Klip vivia na extremidade da grande floresta, e sua casa ficava de frente para as amplas planícies do País dos Munchkins ao leste. Mas, quando eles chegaram à sua residência, o funileiro não estava em casa.

Era um lugar bonito, todo pintado de azul-escuro com enfeites em um tom de azul mais claro. Havia uma bela cerca azul ao redor do quintal e vários bancos azuis foram colocados sob as sombras de árvores azuis que delimitavam o espaço entre floresta e a planície. Havia um gramado azul em frente à casa, que era uma construção de bom tamanho. Ku-Klip morava na parte da frente e tinha sua oficina na parte de trás, onde também ele havia construído um alpendre, para lhe dar mais espaço.

Embora o funileiro estivesse ausente, havia fumaça saindo de sua chaminé, o que indicava que ele voltaria em breve.

– Talvez Nimmie Amee esteja com ele – disse o Espantalho com voz alegre.

Enquanto esperavam, o Homem de Lata foi até a porta da oficina e, encontrando-a destrancada, entrou e olhou curiosamente ao redor da sala onde ele havia sido feito.

– Aqui é quase um lar para mim – disse ele aos seus amigos, que o seguiram. – A primeira vez que vim aqui, eu tinha perdido uma perna, então tive que carregá-la com as mãos enquanto pulava com a outra perna todo o caminho na floresta, desde o local onde o machado encantado tinha me cortado. Lembro-me de que o velho Ku-Klip colocou cuidadosamente minha perna de carne em um barril, acho que é o mesmo barril que está parado ali no canto, e então, imediatamente, começou a fazer uma perna de estanho para mim. Ele trabalhou rápido e com habilidade, e eu fiquei muito interessado em seu trabalho.

– Minha experiência foi praticamente a mesma – disse o Capitão. – Eu costumava trazer todas as partes de mim que a espada encantada havia cortado aqui para o funileiro, e Ku-Klip as colocava no barril.

– Será que – disse Woot – essas partes rejeitadas de vocês dois ainda estão naquele barril no canto?

– Eu suponho que sim – respondeu o Homem de Lata. – Na terra de Oz, nenhuma parte de uma criatura viva pode ser destruída.

– Se isso for verdade, como aquela Bruxa Má foi destruída? – perguntou Woot.

– Ora, ela era muito velha, cadavérica, e estava definhando muito antes de Oz se tornar um país das fadas – explicou o Espantalho. – Sua magia era a única coisa que a mantinha viva, então, quando a casa de Dorothy caiu sobre ela, a velha se transformou em pó, e foi soprada e espalhada pelo vento. Eu não acho, entretanto, que as partes cortadas desses dois jovens poderiam ser inteiramente destruídas e, se ainda estiverem nesses barris, provavelmente serão as mesmas de quando o machado encantado e espada as cortaram.

– Isso não importa mais – disse o Homem de Lata. – Nossos corpos de estanho são mais brilhantes e duráveis, e nos satisfazem bastante.

– Sim, os corpos de estanho são os melhores – concordou o soldado. – Nada pode nos machucar.

– A menos que fiquem amassados ou enferrujados – disse Woot, mas os dois homens de lata franziram a testa para ele.

Havia pedaços de lata, de todas as formas e tamanhos, espalhados pela oficina. Também martelos, bigorna, ferros de solda, uma fornalha a carvão e muitas outras ferramentas que um funileiro costuma usar em seu trabalho. Encostadas em duas paredes laterais havia duas bancadas de trabalho robustas e no centro da sala estava uma mesa comprida. No fim da loja, que ficava ao lado da residência, havia vários armários. Depois de examinar o interior da oficina até sua curiosidade ter sido satisfeita, Woot disse:

– Acho que vou ficar lá fora até Ku-Klip voltar. Não me parece muito apropriado tomarmos posse de sua casa enquanto ele está ausente.

– Isso é verdade – concordou o Espantalho, e eles estavam prestes a sair de lá quando o Homem de Lata disse:

– Espere um minuto – e eles pararam em obediência ao comando.

O HOMEM DE LATA FALA CONSIGO MESMO

O Homem de Lata acabara de notar os armários e estava curioso para saber o que eles continham, então foi para um deles e abriu a porta. Havia prateleiras dentro e, em uma delas, que estava quase na altura de seu queixo de lata, o imperador descobriu uma cabeça, que se assemelhava a uma cabeça de um boneco, só que maior, e ele logo viu que era a cabeça de uma pessoa. Ela estava encarando o Homem de Lata e, quando a porta do armário terminou de abrir, os olhos da Cabeça se abriram lentamente e olharam para ele. O Homem de Lata não ficou surpreso, pois na Terra de Oz, a cada passo, era possível se deparar com magia.

– Santo Deus! – disse o Homem de Lata, olhando-a fixamente. – Parece que já o conheço de algum lugar. Bom dia, senhor!

– Então estou em desvantagem – respondeu a Cabeça –, pois eu nunca o vi antes.

– Mesmo assim, seu rosto é muito familiar – persistiu o lenhador. – Perdoe-me, mas posso perguntar se você... se você já teve um corpo?

– Sim, uma vez – respondeu a Cabeça –, mas isso foi há tanto tempo que não consigo me lembrar. Você pensou – com um sorriso agradável – que nasci desse jeito? Que uma cabeça poderia ser criada sem um corpo?

– Não, claro que não – disse o outro. – Mas pode me dizer como você perdeu seu corpo?

– Bem, não consigo me lembrar dos detalhes. Você terá que perguntar a Ku-Klip sobre isso – respondeu a Cabeça –, pois, por mais curioso que isso possa parecer, minha memória não é boa desde que me separaram do meu corpo. Eu ainda possuo meu cérebro e meu intelecto se manteve ótimo, mas as memórias de alguns dos eventos que experimentei anteriormente são bastante nebulosas.

– Há quanto tempo você está neste armário? – perguntou o imperador.

– Eu não sei.

– Você não tem um nome?

– Oh, sim, sim – respondeu a Cabeça. – Eu costumava ser chamado de Nick Lenhador quando eu era um lenhador e derrubava árvores para viver.

– Meu Deus! – gritou o Homem de Lata, espantado. – Se você é a cabeça de Nick Lenhador, então você sou eu, ou eu sou você, ou, ou... o que somos um do outro, afinal?

– Não me pergunte – respondeu a Cabeça. – De minha parte, não estou nem um pouco ansioso para me relacionar com um artigo manufaturado comum como você. Você pode ser bom para sua classe, mas sua classe não é minha classe. Você é lata.

O pobre imperador se sentiu tão confuso que, por um tempo, ele apenas pôde olhar para sua velha cabeça em silêncio. Então ele disse:

– Devo admitir que não era nada feio antes de me tornar estanho. Você é quase bonito para alguém de carne. Se seus cabelos estivessem penteados, você ficaria muito atraente.

– Como você espera que eu penteie meu cabelo sem ajuda? – retrucou a Cabeça, indignada. – Eu costumava mantê-los macios e limpos quando eu tinha braços, mas depois que removeram o resto de mim, meus cabelos ficaram bagunçados, e o velho Ku-Klip nunca os penteou para mim.

– Vou falar com ele sobre isso – disse o Homem de Lata. – Você se lembra de ter amado uma linda garota Munchkin chamada Nimmie Amee?

– Não – respondeu a Cabeça. – Essa é uma pergunta tola. O coração em meu corpo, quando eu tinha um, poderia ter amado alguém, pelo que sei, mas a cabeça não é feita para amar, é feita para pensar.

– Oh, você pensa, então?

– Eu costumava pensar.

– Você deve ter ficado trancado neste armário por anos e anos. No que você ficou pensando todo esse tempo?

– Nada. Essa é outra pergunta tola. Um pouco de reflexão irá lhe fazer concluir que eu não tive nada para pensar, exceto nas placas no interior das portas do armário, e não demorei muito para pensar tudo o que poderia ser pensado sobre elas. Então, é claro, parei de pensar.

– E você está feliz?

– Feliz? O que é isso?

– Você não sabe o que é felicidade? – perguntou o lenhador.

– Não tenho a menor ideia do que seja. Se é redondo ou quadrado, preto ou branco, ou o quer que seja. E, perdoe minha falta de interesse, mas realmente não me importo com o que seja isso.

O Homem de Lata ficou muito intrigado com essas palavras. Seus companheiros de viagem se agruparam em sua volta, fixaram os olhos na Cabeça e ouviram a conversa com muito interesse, mas até agora eles não haviam interrompido porque pensaram que o Homem de Lata tinha o direito de falar com sua própria cabeça e se familiarizar novamente.

Mas agora o Soldado de Estanho comentou:

– Gostaria de saber se minha velha cabeça está em algum desses armários – e ele começou a abrir todas as portas do armário, mas nenhuma outra cabeça foi encontrada em qualquer uma das prateleiras.

– Oh, bem... não importa – disse Woot, o Andarilho. – Eu não consigo imaginar o que alguém poderia fazer com uma cabeça decepada, de qualquer maneira.

– Posso entender o interesse do Soldado – afirmou Policromia, dançando pela oficina suja até suas vestes drapeadas formarem uma nuvem em torno de sua forma delicada. – É por razões sentimentais que um homem iria querer ver sua antiga cabeça mais uma vez, assim como temos vontade de revisitar uma antiga casa.

– E depois de fazer isso, um beijo de adeus – acrescentou o Espantalho.

– Espero que aquela coisa de lata não tente me dar um beijo de despedida! – exclamou a cabeça do Homem de Lata. – E eu não vejo que direito vocês pensam que têm para perturbar minha paz e tranquilidade.

– Você pertence a mim – declarou o Homem de Lata.

– Não mesmo!

– Você e eu somos um.

– Nós nos separamos – afirmou a Cabeça.

– Não seria natural para mim ter qualquer interesse em um homem feito de lata. Por favor, feche a porta e me deixe em paz.

– Eu não pensei que minha antiga cabeça pudesse ser tão desagradável – disse o imperador. – Estou bastante envergonhado de mim mesmo, ou seja, você.

– Você deveria estar feliz por eu ter bom senso o suficiente para saber quais são os meus direitos – retrucou a Cabeça. – Neste armário, levo uma vida simples, pacífica e digna, e quando uma multidão de pessoas em quem eu não estou interessado me incomoda, o desagradável aqui certamente não sou eu.

Com um suspiro, o Homem de Lata fechou e trancou a porta do armário, e depois se afastou.

– Bem – disse o Soldado de Estanho –, se minha velha cabeça me tratasse com frieza e de uma maneira tão hostil como sua velha cabeça tratou você, amigo Lenhador, estou feliz por não tê-la encontrado.

– Sim. Estou bastante surpreso com a minha cabeça – respondeu o Homem de Lata, pensativo. – Eu pensei que tivesse mais disposição para ser agradável quando era feito de carne.

Mas então o velho Ku-Klip, o funileiro, chegou e ele pareceu surpreso ao encontrar tantos visitantes. Ku-Klip era um homem forte e baixo. Ele tinha suas mangas dobradas acima dos cotovelos, mostrando seus braços musculosos, e usava um avental de couro que cobria toda a frente do corpo, tão longo que Woot ficou surpreso pelo homem não pisar e tropeçar no tecido sempre que caminhava. Ku-Klip tinha uma barba grisalha que era quase tão longa quanto seu avental, e sua cabeça era careca no topo e suas orelhas projetadas para fora da cabeça como dois leques. Sobre seus olhos, que eram brilhantes e cintilantes, ele usava óculos grandes. Era fácil ver que o funileiro era um homem de bom coração, bem como alegre e agradável.

– Oh-ho! – ele gritou com uma voz alegre e grossa. – Aqui estão os meus dois homens de lata vindo me visitar, e seus amigos certamente são bem-vindos também. Estou muito orgulhoso de vocês dois, pois ambos são tão perfeitos e são a prova de que eu sou bom no que faço. Sentem-se. Sentem-se, todos vocês, se puderem encontrar qualquer coisa para se sentar, e me digam por que estão aqui.

Então, eles encontraram lugares para se sentar e contaram ao funileiro todas as aventuras que eles pensaram que o homem gostaria de ouvir. Ku-Klip ficou feliz em saber que Nick Lenhador, o Homem de Lata, agora era o imperador dos Winkies e amigo de Ozma de Oz, e o funileiro também estava interessado no Espantalho e em Policromia. Ele virou para o Espantalho, examinando-o curiosamente, apalpou-o por todos os lados, e então disse:

– Você é certamente magnífico, mas acho que seria mais resistente e estável em suas pernas se elas fossem feitas de estanho. Você gostaria que eu...

– De jeito nenhum! – interrompeu o Espantalho apressadamente. – Eu gosto de mim do jeito que sou.

Mas para Policromia o funileiro disse:

– Nada poderia melhorar você, minha querida, pois você é a mais bela donzela que eu já vi. Sinto pura felicidade só de olhar para você.

– Isso é um grande elogio, de fato, vindo de um trabalhador tão hábil – devolveu a filha do Arco-íris, rindo e dançando dentro e fora do lugar.

– Então deve ser esse menino que você deseja que eu ajude – disse Ku-Klip, olhando para Woot.

– Não – disse o errante. – Não estamos aqui para recorrer às suas habilidades, apenas viemos a você para obtermos informações.

Então, eles relataram sua busca por Nimmie Amee, com quem o Homem de Lata explicou que tinha resolvido se casar, mas que havia prometido se tornar noiva do Soldado de Estanho antes que ele infelizmente ficasse enferrujado. Quando terminaram de contar a história, eles perguntaram a Ku-Klip se ele sabia o que havia acontecido com Nimmie Amee.

– Não exatamente – respondeu o velho –, mas eu sei que ela chorou amargamente quando o Soldado de Estanho não voltou para se casar com ela, como ele havia prometido fazer. A Bruxa Má ficou tão irritada com as lágrimas da garota que ela bateu em Nimmie Amee com sua vara torta e depois saiu mancando para recolher algumas ervas mágicas, com as quais ela pretendia transformar a menina em uma velha bruxa, para que ninguém voltasse a amá-la ou sequer pensasse em se casar com ela. Foi enquanto ela estava fora nesta missão que a casa de Dorothy caiu na Bruxa Má, e em seguida ela se transformou em pó e foi soprada para longe.

Quando ouvi esta boa notícia, mandei Nimmie Amee encontrar os sapatos de prata que a Bruxa usava, mas Dorothy tinha os levado com ela para a Cidade das Esmeraldas.

– Sim, sabemos tudo sobre esses sapatos prateados – disse o Espantalho.

– Bem – continuou Ku-Klip –, depois disso, Nimmie Amee decidiu ir embora da floresta e viver com algumas pessoas conhecidas que tinham uma casa no Monte Munch. Eu nunca mais a vi desde então.

– Você sabe o nome das pessoas do Monte Munch, com quem ela foi morar? – perguntou o lenhador de lata.

– Não, Nimmie Amee não mencionou o nome de seu amigo, e eu não perguntei a ela. Ela levou consigo tudo o que conseguiu transportar de seus pertences que estavam na casa da Bruxa e me disse que eu poderia ficar com o resto. Mas, quando fui lá, não encontrei nada que valesse a pena, exceto alguns pós mágicos que eu não sabia como usar, e um frasco de cola mágica.

– O que é cola mágica? – perguntou Woot.

– É um preparado mágico para consertar as pessoas quando elas se cortam. Uma vez, há muito tempo, cortei um dos meus dedos por acidente e o carreguei para a Bruxa, que pegou sua garrafa e o colou novamente para mim. Veja! – mostrando-lhes o dedo – ficou tão bom como sempre foi. Ninguém mais que eu já tenha ouvido falar tinha esta cola mágica e, claro, quando Nick Lenhador foi cortado em pedaços com seu machado encantado e o Capitão Fyter foi cortado em pedaços com sua espada encantada, a Bruxa não iria consertá-los, tampouco me permitiria colá-los novamente, porque ela mesma quem tinha encantado perversamente o machado e a espada. Não me sobraram outras opções além de eu fazer membros novos de estanho para eles e, como podem ver, o estanho respondeu muito bem ao propósito, e tenho certeza de que seus corpos de lata são uma grande melhoria em seus corpos carnais.

– É verdade – disse o Capitão.

– Eu concordo totalmente com você – disse o Homem de Lata. – Por acaso eu encontrei minha velha cabeça em seu armário, agora há pouco, e não é uma cabeça tão desejável quanto a de lata que uso agora.

– A propósito – disse o Soldado de Estanho –, o que aconteceu com a minha velha cabeça, Ku-Klip?

– E com as diferentes partes de nossos corpos? – adicionou o lenhador.

– Deixe-me pensar um minuto – respondeu Ku-Klip. – Se eu me lembro bem, vocês dois costumavam me trazer grande parte dos seus corpos, assim que eram cortados, e eu os guardei naquele barril no canto. Vocês não devem ter me trazido todas as partes, pois quando fiz Nickfyt tive muito trabalho para encontrar partes suficientes para completar o trabalho. Eu finalmente tive que finalizá-lo com um braço.

– Quem é Nickfyt? – perguntou Woot.

– Oh, eu não falei sobre Nickfyt? – exclamou Ku-Klip. – Claro que não! E ele é bastante curioso também. Você ficará interessado em ouvir sobre Nickfyt. Eis então como ele aconteceu:

– Um dia, depois que a Bruxa foi destruída e Nimmie Amee foi morar com seus amigos no Monte Munch, eu estava procurando algo na loja e me deparei com o frasco de cola mágica que eu havia trazido da casa da velha Bruxa. Ocorreu-me então juntar os membros de vocês dois e ver se conseguia fazer deles um único homem, pois estavam em ótimo estado. Se tivesse sucesso, eu teria um assistente para me ajudar com o meu trabalho, e pensei que seria uma ideia inteligente colocar em prática o plano de unir os restos de Nick Lenhador e do Capitão Fyter. Havia duas cabeças perfeitamente boas no meu armário, e um monte de pés, pernas e partes de corpos no barril, então comecei a trabalhar para ver o que eu poderia fazer.

– Primeiro, montei um corpo, colando-o com a cola mágica da Bruxa, que funcionou perfeitamente. Mas aquilo foi a parte mais difícil do meu trabalho, porque os corpos não combinavam bem e faltavam alguns membros. Mas, usando um pedaço do Capitão Fyter aqui e um pedaço de Nick Lenhador lá, eu finalmente consegui um decente, com um coração e outros órgãos.

– Qual coração você usou para fazê-lo – perguntou o lenhador, ansioso.

– Não sei dizer, pois as partes não tinham etiquetas e um coração se parece muito com o outro. Depois que o corpo foi concluído, colei duas pernas e pés nele. Uma perna era de Nick Lenhador e uma era do Capitão Fyter e, percebendo que uma perna era mais longa do que a outra, eu a cortei para torná-las iguais. Fiquei muito desapontado ao descobrir que tinha apenas um braço. Havia uma perna extra no barril, mas só consegui encontrar um braço. Tendo colado o corpo, eu estava pronto para a cabeça, e tive alguma dificuldade em decidir qual cabeça usar.

Finalmente fechei meus olhos, estendi minha mão para a prateleira do armário, e a primeira cabeça que toquei colei no meu novo homem.

– Era a minha! – declarou o Soldado de Estanho, tristemente.

– Não, era minha – afirmou Ku-Klip –, pois eu havia dado a você outra em troca, a bela cabeça de estanho que você usa agora. Quando a cola secou, meu homem ficou um sujeito bastante interessante. Eu o chamei de Nick, usando uma parte do nome de Nick Lenhador e uma parte do nome do Capitão Fyter, porque ele era uma mistura de ambas as partes rejeitadas. Nickfyt ficou interessante, como eu disse, mas ele não se mostrou um companheiro muito agradável. Ele reclamava amargamente porque eu tinha dado a ele apenas um braço, como se fosse minha culpa! E ele resmungava porque o terno Munchkin azul, que comprei para ele de um vizinho, não se encaixava perfeitamente nele.

– Ah, isso era porque ele estava usando minha velha cabeça – comentou o Capitão. – Eu lembro que aquela cabeça costumava ser muito cuidadosa com suas roupas.

– Como assistente – continuou o velho funileiro –, Nickfyt não foi um sucesso. Ele estranhava as ferramentas e estava sempre com fome. Ele exigia algo para comer seis ou oito vezes por dia, então me perguntei se eu tinha ajustado seu interior corretamente. Na verdade, Nickfyt comia tanto que pouca comida era deixada para mim, então, quando ele propôs, um dia, sair pelo mundo em busca de aventuras, fiquei muito feliz por me livrar dele. Eu até fiz um braço de estanho para ocupar o lugar do que faltava, o que o agradou muito, de modo que nos separamos sendo bons amigos.

– O que aconteceu com Nickfyt depois disso? – o Espantalho perguntou.

– Nunca mais ouvi falar. Ele partiu em direção ao leste, para o interior das planícies do País dos Munchkins, e essa foi a última vez que o vi.

– Parece-me – disse o Homem de Lata pensativamente – que você errou ao transformar nossas partes descartadas em um novo homem. É evidente que Nickfyt poderia reivindicar relacionamento com nós dois.

– Não se preocupe com isso – aconselhou Ku-Klip alegremente. – Não é provável que vocês venham a conhecer o sujeito. E, se vocês o encontrarem, ele não sabe de quem ele é feito, pois eu nunca disse a ele o segredo de sua fabricação. Na verdade, vocês são os únicos que sabem disso, e podem manter o segredo para si mesmos, se assim desejarem.

– Não importa, Nickfyt – disse o Espantalho. – Nossa questão agora é encontrar a pobre Nimmie Amee e deixá-la escolher seu marido de lata. Para fazer isso, ao que parece, pelas informações que Ku-Klip nos deu, devemos viajar para Monte Munch.

– Se esse é o plano, vamos começar imediatamente – sugeriu Woot.

Então todos foram para fora, onde encontraram Policromia dançando entre as árvores, conversando com os pássaros e rindo tão alegremente como se ela não tivesse perdido seu Arco-íris e sido separada de todas as suas fadas irmãs.

O grupo disse a ela que iria seguir para o Monte Munch, e ela respondeu:

– Muito bem. É provável que eu encontre meu Arco-íris lá, tanto quanto aqui, e qualquer outro lugar é tão provável quanto lá. Isso tudo depende do clima. Vocês acham que vai chover?

Eles balançaram a cabeça e Policromia riu novamente, dançando atrás deles quando retomaram sua viagem.

O PAÍS INVISÍVEL

Eles estavam seguindo tão fácil e confortavelmente seu caminho para o Monte Munch que Woot disse em um tom de voz sério:

– Tenho medo de que algo vá acontecer.

– Por quê? – perguntou Policromia, dançando ao redor do grupo de viajantes.

– Porque – disse o menino, pensativo – eu percebi que quando temos o menor motivo para entrar em confusão, algo certamente dará errado. Agora o tempo está delicioso, a grama é lindamente azul e bastante macia para nossos pés, a montanha que estamos procurando pode ser vista claramente a distância e aparentemente não há nada para nos atrasar ou atrapalhar para chegarmos lá. Nossos problemas parecem ter acabado e, bem, é por isso que estou com medo – acrescentou ele, com um suspiro.

– Nossa! – comentou o Espantalho – Que pensamentos infelizes você tem. Esta é a prova de que nascer com cérebro é totalmente diferente de ganhar um feito à mão, pois meu cérebro se concentra apenas em fatos e nunca em problemas hipotéticos. Quando há uma ocasião para o meu cérebro pensar, ele pensa, mas eu teria vergonha do meu cérebro se ele se mantivesse disparando pensamentos que são meramente medos e imaginações, que não fazem nada além de me prejudicar.

– De minha parte – disse o Homem de Lata –, não penso sobre tudo, mas deixo meu coração de veludo me guiar todas as vezes.

– O funileiro encheu minha cabeça oca com restos e recortes de lata – disse o Soldado – e ele me disse que isso faria bem para o cérebro, mas quando começo a pensar, os restos chocalham e ficam tão misturados que logo fico confuso. Então tento não pensar. Meu coração de lata é quase tão inútil quanto, pois é duro e frio, então tenho certeza de que o coração de veludo vermelho do meu amigo Nick Lenhador é um guia melhor.

– Pessoas irrefletidas não são incomuns – observou o Espantalho –, mas eu os considero mais afortunados do que aqueles que têm pensamentos inúteis ou perversos e não tentam contê-los. Sua lata de óleo, amigo lenhador, é cheia de óleo, mas você só aplica o óleo em suas juntas, gota a gota, conforme precisa, e não o derrama onde não tem serventia. Pensamentos deveriam ser contidos da mesma forma que seu óleo, e apenas serem aplicados quando necessário e com um bom propósito. Se usados cuidadosamente, os pensamentos serão coisas boas para se ter.

Policromia riu dele, pois a filha do Arco-íris sabia mais sobre pensamentos do que o Espantalho. Mas os outros estavam solenes, sentindo que haviam sido repreendidos, e continuaram em silêncio.

De repente, Woot, que estava na liderança, olhou em volta e descobriu que todos os seus camaradas tinham misteriosamente desaparecido. Mas para onde eles poderiam ter ido? A ampla planície era tudo que ele podia avistar e não havia nem árvores nem arbustos que pudessem se esconder, nem mesmo um coelho, nem qualquer buraco para se cair. Ainda assim, ele ficou lá, sozinho.

A surpresa o fez parar e, com uma expressão pensativa e perplexa em seu rosto, ele olhou para baixo e ficou espantado ao descobrir que não tinha pés. Ele estendeu as mãos, mas não conseguiu vê-las. O menino podia sentir suas mãos, braços e corpo, e bateu os pés na grama certificando-se de que eles estavam lá, mas, de alguma forma estranha, eles se tornaram invisíveis.

Enquanto Woot ficou parado, imaginando o que poderia ter acontecido, um barulho de metal soou em seus ouvidos e ele ouviu dois corpos pesados caindo no solo ao lado dele.

– Meu Deus! – exclamou a voz do Homem de Lata.

– Por Deus! – gritou a voz do Soldado de Estanho.

– Por que você não olhou para onde estava indo? – perguntou o lenhador, reprovando-o.

– Eu olhei, mas não pude ver você – disse o Soldado. – Algo aconteceu com meus olhos de lata. Não posso ver você, nem mesmo agora. Não consigo ver mais ninguém!

– Ocorre a mesma coisa comigo – admitiu o Homem de Lata.

Woot não conseguiu ver nenhum deles, embora tenha ouvido a conversa claramente, e algo se chocou contra ele inesperadamente e o derrubou, mas foi só o corpo recheado de palha do Espantalho que caiu sobre ele e, embora ele não pudesse ver o Espantalho, ele conseguiu empurrá-lo e se levantou, mas logo Policromia girou contra ele e o fez cair novamente.

Sentado no chão, o menino perguntou:

– Você pode nos ver, Poly?

– Não – respondeu a filha do Arco-íris. – Nós todos estamos invisíveis.

– O que você sugere que tenha acontecido? – perguntou o Espantalho, deitado onde havia caído.

– Não encontramos nenhum inimigo – respondeu Poly –, então pode ser que esta parte do país tenha a qualidade mágica de tornar as pessoas invisíveis, até mesmo fadas. Podemos ver a grama, as flores e a extensão da planície diante de nós, e podemos ainda ver o Monte Munch a distância, mas não podemos ver a nós mesmos ou uns aos outros.

– Bem, o que devemos fazer sobre isso? – exigiu Woot.

– Eu acho que essa magia afeta apenas uma pequena parte da planície – respondeu Policromia. – Talvez seja apenas um trajeto do país que tenha um encanto capaz de fazer as pessoas se tornarem invisíveis. Então, se ficarmos juntos e dermos as mãos, poderemos viajar em direção ao Monte Munch até que o encantamento passe.

– Tudo bem – disse Woot, pulando. – Dê-me sua mão, Poly. Onde você está?

– Aqui – ela respondeu. – Assobie, Woot, e continue assobiando até eu chegar em você.

Então Woot assobiou, e logo Policromia o encontrou e segurou sua mão.

– Preciso que alguém me ajude a levantar – disse o Espantalho, deitado perto deles.

Então eles encontraram o Espantalho e o levantaram, depois que ele segurou firme os pés de Policromia.

Nick Lenhador e o Soldado de Estanho conseguiram levantar sem ajuda, mas foi estranho para eles, e o Homem de Lata disse:

– Eu não pareço estar certo, de alguma forma. Mas todas as minhas juntas funcionam, então acho que posso andar.

Guiados por sua voz, eles chegaram ao seu lado, onde Woot agarrou seus dedos de estanho para que eles pudessem se manter juntos.

O Soldado de Estanho estava por perto, e o Espantalho logo o tocou e segurou seu braço.

– Espero que você não esteja vacilante – disse o Espantalho –, pois se dois de nós andarmos sem firmeza, todos certamente iremos cair.

– Não estou vacilante – assegurou-lhe o Capitão Fyter. – Mas tenho certeza de que uma das minhas pernas está mais curta do que a outra. Eu não consigo ver, para dizer o que houve, mas vou mancar o resto do caminho até que estejamos fora deste território encantado.

Eles agora formaram uma linha de mãos dadas e, com os rostos voltados para o Monte Munch, retomaram a jornada. Eles não tinham ido longe, quando um rosnado terrível saudou seus ouvidos. O som parecia vir de um lugar bem à frente deles, então todos pararam abruptamente e permaneceram em silêncio, ouvindo com todos os ouvidos.

– Sinto cheiro de palha! – gritou uma voz rouca e áspera, com mais rosnados. – Sinto cheiro de palha e sou um Hi-po-gi-ra-fa que adora palha e come tudo o que encontra. Eu quero comer essa palha! Cadê? Cadê?

O Espantalho, ouvindo isso, tremeu, mas se manteve em silêncio. Todos os outros ficaram em silêncio também, esperando que a besta invisível fosse incapaz de encontrá-los. Mas a criatura cheirou o odor da palha e veio cada vez mais perto deles até chegar ao Homem de Lata, em uma ponta da fila. Era uma grande besta, e ela cheirou Nick Lenhador e passou duas fileiras de dentes enormes contra o corpo de estanho do imperador.

– Bah! Isso não é palha – disse a voz áspera, e a besta avançou ao longo da linha para Woot. – Carne! Pooh! Você não é bom! Eu não posso comer carne – resmungou a fera passando para Policromia. – Doces e perfumes, teias de aranha e orvalho! Não há nada para comer em uma fada como você – disse a criatura.

Agora, o Espantalho estava ao lado de Policromia na linha, e ele percebeu que, se a besta devorasse sua palha, ele ficaria impotente por muito tempo, porque a última casa de fazenda estava muito atrás deles e apenas a grama cobria a vasta extensão da planície. Então, com medo, ele largou a mão de Policromia e colocou a mão do Soldado na da filha do Arco-íris. Então ele saiu da linha e foi para a outra ponta, onde silenciosamente agarrou a mão do Homem de Lata.

Enquanto isso, a besta havia cheirado o Soldado de Estanho e descobriu que ele era o último da linha.

– Isso é estranho! – rosnou o Hi-po-gi-ra-fa. – Posso sentir cheiro de palha, mas não consigo encontrá-la. Bem, ela está aqui, em algum lugar, e devo caçar até encontrá-la, pois estou com fome.

Sua voz estava agora à esquerda deles, então eles começaram a andar, na esperança de evitá-lo, e viajaram o mais rápido que podiam na direção do Monte Munch.

– Eu não gosto deste país invisível – disse Woot com um arrepio. – Não conseguimos saber quantas bestas terríveis e invisíveis estão vagando ao nosso redor, ou o perigo que iremos enfrentar a seguir.

– Pare de pensar no perigo, por favor – chamou a atenção o Espantalho, em advertência.

– Por quê? – perguntou o menino.

– Se você pensar em alguma coisa terrível, é provável que ela aconteça, mas se você não pensar nisso, e mais ninguém pensar, simplesmente não irá acontecer. Você entende?

– Não – respondeu Woot. – Não irei conseguir entender muita coisa até que possamos escapar desse encantamento.

Mas eles saíram da faixa invisível do país tão repentinamente quanto eles entraram e, no instante em que saíram, pararam de repente, pois pouco antes deles havia uma vala profunda, que fazia um ângulo reto até onde seus olhos podiam ver, impedindo qualquer progresso posterior em direção ao Monte Munch.

– Não é muito larga – disse Woot –, mas tenho certeza de que nenhum de nós pode pular sobre ela.

Policromia começou a rir, e o Espantalho disse:

– Qual é o problema?

– Olhe para os homens de lata! – ela disse, com outra explosão de risadas alegres.

Woot e o Espantalho olharam, e os homens de lata olharam para si mesmos.

– Foi a colisão – disse o Homem de Lata lamentando.

– Eu sabia que havia algo errado comigo, e agora posso ver que meu lado está amassado, de modo que me inclino mais para a esquerda. Foi culpa do Soldado. Ele não deveria ter sido tão descuidado.

– E é sua culpa que minha perna direita esteja dobrada, ficando mais curta do que a outra. Por isso estou mancando! – retrucou o Capitão.

– Você não deveria ter ficado onde eu estava andando.

– Você não deveria estar caminhando onde eu estava – respondeu o Homem de Lata.

Eles quase começaram uma briga, quando Policromia disse suavemente:

– Deixem para lá, amigos. Assim que tivermos tempo, tenho certeza de que podemos endireitar a perna do Soldado e retirar o amassado para fora do corpo do lenhador. A forma do Espantalho também precisa ser arrumada, pois ele teve uma queda feia, mas nossa primeira tarefa é superar esta vala.

– Sim, a vala é a coisa mais importante neste momento – acrescentou Woot.

Eles estavam em fila, olhando fixamente para a barreira inesperada, quando um rosnado feroz por trás fez com que girassem rapidamente. Fora do país invisível marchava uma besta enorme com uma pele grossa de couro e um pescoço surpreendentemente longo. A cabeça no topo deste pescoço era larga e achatada, os olhos e a boca eram muito grandes, e o nariz e as orelhas muito pequenos. Quando a cabeça descia em direção aos ombros da besta, o pescoço ficava todo enrugado, mas a cabeça podia se erguer muito alto se a criatura assim o desejasse.

– Minha nossa! – exclamou o Espantalho. – Este deve ser o Hi-po-gi--ra-fa.

– Muito bem – disse a besta. – E você é a palha que devo comer no meu jantar. Oh, como eu amo palha! Eu espero que você não se ressinta do meu apetite afetuoso.

Com suas quatro grandes pernas, ele avançou direto para o Espantalho, mas o Homem de Lata e o Soldado de Estanho saltaram na frente de seu amigo e levantaram suas armas.

– Fique longe! – disse o Homem de Lata, em advertência – Ou corto você com meu machado.

– Fique longe! – disse o Soldado de Estanho. – Ou corto você com minha espada.

– Vocês realmente fariam isso? – perguntou o Hi-po-gi-ra-fa, com uma voz desapontada.

– Sim, nós faríamos – ambos responderam.

E o Homem de Lata acrescentou:

– O Espantalho é nosso amigo, e ele seria inútil sem seu recheio de palha. Então, como nós somos amigos fiéis e verdadeiros, vamos defender seu recheio de todos os inimigos.

O Hi-po-gi-ra-fa sentou-se e olhou para eles tristemente.

– Quando alguém decide fazer uma refeição de palha deliciosa, e então descobre que não pode tê-la, é certamente muita falta de sorte – disse ele.

– E para que serve o Espantalho para você, ou para si mesmo, quando a vala impede vocês de irem mais longe?

– Bem, podemos voltar e refazer nosso caminho – sugeriu Woot.

– Verdade – disse a criatura. – E se fizerem isso, ficarão desapontados como eu. E isso já é um pequeno conforto para mim, de qualquer maneira.

Os viajantes olharam para a besta, e viram através da vala uma planície. Do outro lado, a grama tinha crescido alta e estava seca do sol quente, então o local havia se tornado um campo de feno que apenas precisava ser cortado e empilhado.

– Por que você não atravessa e come o feno? – o menino perguntou à fera.

– Não gosto de feno – respondeu o Hi-po-gi-ra-fa. – A palha é muito mais gostosa, na minha opinião, e é mais escassa neste lugar também. Também confesso que não consigo atravessar a vala, pois meu corpo é muito pesado e desajeitado para eu saltar a distância. Eu posso esticar meu pescoço e notarão que mordisquei o feno na borda mais distante, não porque gostei, mas porque preciso comer, e se não se pode obter o tipo de comida que se deseja, é preciso comer o que é oferecido ou passar fome.

– Ah, vejo que você é um filósofo – comentou o Espantalho.

– Não, sou apenas um Hi-po-gi-ra-fa – foi a resposta.

Policromia não tinha medo da besta grande. A fada dançou perto dela e disse:

– Se você pode esticar o pescoço na vala, por que não nos ajuda? Podemos sentar em sua grande cabeça, um de cada vez, e então você pode nos levantar.

– Sim, posso, é verdade – respondeu o animal. – Mas eu me recuso a fazê-lo. A menos que – ele adicionou, e parou de falar.

– A menos que o quê? – perguntou Policromia.

– A menos que você primeiro me permita comer a palha com a qual o Espantalho é recheado.

– Não – disse a filha do Arco-íris. – Esse é um preço muito alto a se pagar. A palha do nosso amigo é boa e fresca, pois ele foi reabastecido há pouco tempo.

– Eu sei – concordou o Hi-po-gi-ra-fa. – É por isso que eu a quero tanto. Se fosse palha velha e mofada, eu não me importaria...

– Por favor, levante-nos – pediu Policromia.

– Não – respondeu a besta. – Já que vocês recusam minha oferta generosa, posso ser tão teimoso quanto vocês.

Depois disso, todos ficaram em silêncio por um tempo, em seguida o Espantalho disse corajosamente:

– Amigos, vamos concordar com os termos da besta. Dê a ela minha palha, e carreguem o resto de mim com vocês através da vala. Uma vez do outro lado, o Soldado de Estanho pode cortar um pouco do feno com sua espada afiada, e vocês podem me preencher com esse material até chegarmos a um lugar onde haja palha. É verdade que sempre fui recheado de palha toda a minha vida e será um tanto humilhante ser preenchido com feno comum, mas estou disposto a sacrificar meu orgulho por uma boa causa. Além disso, abortar nossa missão é privar o grande imperador dos Winkies, ou este nobre soldado, de sua noiva. Isso seria igualmente humilhante, se não mais.

– Você é um homem muito honesto e inteligente! – exclamou o Hi-po-gi-ra-fa, com admiração. – Quando eu tiver comido sua cabeça, talvez eu também me torne inteligente.

– Você não deve comer minha cabeça – respondeu o Espantalho apressadamente. – Minha cabeça não está cheia de palha e eu não posso me separar dela. Quando alguém perde a cabeça, perde também o cérebro.

– Muito bem, então. – Você pode manter sua cabeça – disse a fera.

Os companheiros do Espantalho agradeceram calorosamente por seu sacrifício leal pelo bem coletivo, e então ele se deitou e permitiu que puxassem a palha de seu corpo. Tão rápido quanto eles fizeram isso, o Hi-po-gi-ra-fa comeu a palha, e quando tudo foi consumido Policromia fez um belo pacote de roupas, botas, luvas e chapéu e disse que iria carregá-lo, enquanto Woot colocava a cabeça do Espantalho debaixo do braço prometendo mantê-la em segurança.

– Agora, então – disse o Homem de Lata –, mantenha sua promessa, besta, e nos erga pela vala.

– Hmmmm, mas aquele foi um bom jantar! – disse a criatura estalando os lábios grossos de satisfação. – Irei cumprir minha palavra. Sentem-se na minha cabeça, um de cada vez, e irei pousá-los com segurança do outro lado.

Ele se aproximou da borda da vala e agachou. Policromia escalou seu grande corpo e sentou-se levemente sobre a cabeça plana, segurando o pacote de vestimentas do Espantalho. Lentamente, o pescoço elástico se esticou até chegar ao outro lado da vala, e a besta abaixou a cabeça, permitindo que a bela fada saltasse ao chão.

Woot fez a viagem estranha em seguida, e depois o Soldado e o Homem de Lata passaram, e todos ficaram muito satisfeitos por terem superado esta barreira em seu progresso.

– Agora, Soldado de Estanho, corte o feno – disse a cabeça do Espantalho, que ainda estava nas mãos de Woot, o Andarilho.

– Eu gostaria, mas não posso me inclinar com a minha perna curvada sem cair – respondeu o Capitão Fyter.

– O que podemos fazer com essa perna? – perguntou Woot, apelando para Policromia.

Ela dançou em círculos várias vezes sem responder, e o menino temeu que ela não o tivesse ouvido, mas a filha do Arco-íris estava apenas pensando no problema, e logo ela parou ao lado do Soldado e disse:

– Eu aprendi um pouco de magia de fadas, mas nunca me pediram para consertar pernas de estanho com ela, então não tenho certeza se posso ajudá-lo. Tudo depende da boa vontade dos meus guardiões invisíveis, mas vou tentar, e se eu falhar, você não ficará pior do que está agora.

Ela dançou em círculos novamente, deitou ambas as mãos sobre a perna de estanho torcida e cantou sobre ela com uma voz doce:

Poderes das Fadas, venham em meu auxílio!
Esta perna de estanho é motivo de grande martírio;
Refaçam-na reta, firme e forte.
E eu serei grata por minha boa sorte.

– Ah! – murmurou o Capitão Fyter com uma voz alegre, enquanto ela retirava as mãos e se afastava dançando, e eles viram que ele estava em pé como sempre, porque sua perna estava tão bem torneada e forte como era antes do acidente.

O Homem de Lata havia assistido Policromia com muito interesse, e ele agora disse:

– Por favor, tire a cavidade em minha lateral, Poly, pois estou mais aleijado do que o Soldado.

Então, a filha do Arco-íris tocou sua lateral levemente e cantou:

Aqui está um amassado por acidente
Vejam como isso é comovente.
Poderes das Fadas, já sabem do que se trata.
Endireitem nosso querido Homem de Lata!

– Ótimo! Ótimo! – gritou o imperador, novamente em pé e pavoneando-se para mostrar sua portentosa figura. – Sua magia de fada pode não ser capaz de realizar todas as coisas, doce Policromia, mas funciona esplendidamente no estanho. Muitíssimo obrigado.

– O feno! O feno! – implorou a cabeça do Espantalho.

– Oh, sim, o feno! – disse Woot. – O que você está esperando para começar, Capitão Fyter?

Imediatamente, o Soldado de Estanho começou a trabalhar no corte do feno com sua espada e, em poucos minutos, havia o suficiente para encher o corpo do Espantalho. Woot e Policromia fizeram isso e não foi uma tarefa fácil, porque o feno embolava mais do que palha e, como eles tinham pouca experiência nesse tipo de trabalho, quando concluíram deixaram os braços e as pernas do Espantalho amontoados. Também havia uma corcunda em suas costas, que fez Woot rir e dizer que lembrava um camelo, mas foi o melhor que eles puderam fazer. E quando a cabeça foi presa no corpo, perguntaram ao Espantalho como ele se sentia.

– Um pouco pesado e não muito natural – ele respondeu alegremente. – Mas vou me virando até chegarmos a uma pilha de palha. Não riam de mim, por favor, porque estou com um pouco de vergonha de mim mesmo e não quero me arrepender de ter feito uma boa ação.

Eles começaram imediatamente a ir na direção do Monte Munch e, como o Espantalho se mostrou muito desajeitado em seus movimentos, Woot pegou um de seus braços e o lenhador o outro, e assim ajudaram seu amigo a andar em linha reta. E a filha do Arco-íris, assim como antes, dançou para a frente, para atrás, e ao redor deles, e ninguém se incomodava com seus modos estranhos, porque para eles ela era como um raio de sol.

DURANTE A NOITE

A Terra dos Munchkins é cheia de surpresas, como nossos viajantes já haviam aprendido, e embora o Monte Munch estivesse constantemente crescendo conforme avançavam em direção a ele, os cinco aventureiros sabiam que ainda estavam muito longe de chegar e não tinham certeza se realmente haviam escapado de todo perigo ou se aquela seria sua última aventura.

A planície era ampla e, até onde eles conseguiam enxergar, parecia haver um trecho nivelado entre o país e a montanha, mas ao anoitecer eles perceberam se tratar de um buraco, no qual havia uma residência Munchkin minúscula azul com um jardim ao redor e campos de grãos preenchendo todo o resto da cavidade.

Eles não tinham descoberto este lugar até terem chegado mais perto da beirada, e os errantes ficaram surpresos com a visão que os saudou, porque eles imaginaram que esta parte da planície não tinha habitantes.

– É uma casa muito, muito pequena – declarou Woot. – Quem será que mora ali?

– A melhor maneira de descobrir é batendo na porta e perguntando – respondeu o Homem de Lata. – Talvez seja a casa de Nimmie Amee.

– Ela é uma anã? – perguntou o menino.

– Não. Nimmie Amee é uma mulher grande.

– Então tenho certeza de que ela não poderia morar naquela casinha – disse Woot.

– Vamos descer – sugeriu o Espantalho. – Estou quase certo de que estou vendo uma pilha de palha no quintal.

Eles desceram a depressão, que era bastante íngreme nos lados, e logo chegaram à casa, que era de fato bastante pequena. Woot bateu em uma porta que não era muito mais alta do que sua cintura, mas não obteve resposta. Ele bateu novamente, mas nenhum som foi ouvido.

– Há fumaça saindo pela chaminé – anunciou Policromia, que dançava levemente pelo jardim, onde repolhos, beterrabas, nabos e similares estavam crescendo finamente.

– Então alguém mora aqui – disse Woot, batendo novamente.

Agora, uma janela na lateral da casa se abriu e um cabeça estranha apareceu. Era branca e peluda, tinha um focinho comprido e olhinhos redondos. As orelhas estavam escondidas por um chapéu de sol azul amarrado sob o queixo.

– Oh, é um porco! – exclamou Woot.

– Perdoem-me, sou a Sra. Grunhilda Suíno, esposa do Professor Guincharles Suíno, e esta é a nossa casa – disse ela da janela. – O que querem?

– Que tipo de professor é o seu marido? – inquiriu o Homem de Lata curiosamente.

– Ele é Professor de Cultura de Repolho e Aperfeiçoamento de Milho. Ele é muito famoso em sua própria família, e seria a maravilha do mundo se fosse para o exterior – disse a Sra. Suíno com uma voz que era meio orgulhosa e meio irritável. – Devo também informar a vocês, intrusos, que o Professor é um indivíduo perigoso, pois ele lixa seus dentes todas as manhãs até ficarem afiados como agulhas. E, se vocês forem açougueiros, é melhor fugirem para evitar problemas.

– Não somos açougueiros – assegurou-lhe o Homem de Lata.

– Então o que você está fazendo com esse machado? E por que o outro homem de lata tem uma espada?

– São as únicas armas que temos para defender nossos amigos dos inimigos – explicou o imperador dos Winkies, e Woot acrescentou:

– Não tenha medo de nós, Sra. Suíno, pois somos viajantes inofensivos. Os homens de lata e o Espantalho nunca comem nada e Policromia se alimenta apenas de gotas de orvalho. Já eu estou com bastante fome, mas há muita comida em seu jardim para me satisfazer.

Professor Suíno agora se juntou à sua esposa na janela, parecendo um pouco assustado, apesar da garantia do menino. Ele usava um chapéu Munchkin azul pontudo com aba larga e grandes óculos que cobriam seus olhos. Ele espiou por trás de sua esposa e depois olhou com rispidez para os estranhos, dizendo:

– Minha sabedoria me garante que vocês são apenas viajantes, como dizem ser, e não açougueiros. Os açougueiros têm razão para ter medo de mim, mas vocês estão seguros. Não podemos convidá-los para entrar, pois vocês são muito grandes para a nossa casa, mas o menino que come é bem-vindo para pegar todas as cenouras e nabos que ele quiser. Sintam-se à vontade no jardim e passem a noite, se desejarem, mas pela manhã vocês devem partir, pois somos pessoas caladas e não ligamos para companhia.

– Posso pegar um pouco de sua palha? – perguntou o Espantalho.

– Sirva-se – respondeu o Professor Suíno.

– Para porcos, eles são bastante respeitáveis – comentou Woot, enquanto todos iam em direção à pilha de palha.

– Estou feliz que eles não tenham nos convidado para entrar – disse o Capitão Fyter. – Não costumo ser muito exigente quanto às minhas companhias, mas há um limite quanto a porcos.

O Espantalho ficou feliz por se livrar de seu feno, pois durante a longa caminhada ele saiu do lugar, descendo e fazendo-o parecer rechonchudo, atarracado e mais acidentado do que no início.

– Não sou alguém orgulhoso – disse ele – mas adoro minha figura viril, que só um recheio de palha pode me dar. Não me sinto mais eu desde que o Hi-po-gi-ra-fa faminto comeu minha última palha.

Policromia e Woot começaram a trabalhar na remoção do feno e eles selecionaram a melhor palha, crocante e dourada, e novamente rechearam o Espantalho. Ele certamente parecia melhor após a operação, e ficou tão satisfeito por ser sido reformado que tentou dançar, e quase conseguiu.

– Vou dormir debaixo da pilha de palha esta noite – Woot decidiu, depois de comer alguns dos vegetais do jardim.

E ele dormiu muito bem, com os dois homens de lata e o Espantalho sentados em silêncio ao seu lado, e Policromia ficou em algum lugar dançando ao luar suas performances de fadas.

Ao amanhecer, o Homem de Lata e o Soldado de Estanho aproveitaram a ocasião para polir seus corpos e lubrificar suas juntas, pois ambos eram extremamente cuidadosos com a aparência. Eles haviam esquecido a briga devido ao esbarrão que um deu no outro no país invisível e, sendo agora bons amigos, o Homem de Lata poliu as costas do Soldado de Estanho e depois o Soldado de Estanho poliu as costas do Homem de Lata.

No café da manhã, o Andarilho comeu alface crocante e rabanetes, e a filha do Arco-íris, que agora voltou para seus amigos, bebeu as gotas de orvalho que tinham se formado nas pétalas das flores silvestres.

Ao passarem pela casinha para renovar sua jornada, Woot gritou:

– Adeus, Sr. e Sra. Suíno!

A janela se abriu e os dois porcos olharam para fora.

– Tenham uma boa viagem! – disse o Professor.

– Você tem filhos? – perguntou o Espantalho, que era um grande amigo das crianças.

– Temos nove – respondeu o Professor –, mas eles não moram conosco, pois quando eram pequenos leitões o Mágico de Oz veio aqui e se ofereceu para cuidar deles e educá-los. Então, nós o deixamos ter nossos nove minúsculos leitões, pois ele é um bom mágico e é alguém confiável para manter suas promessas.

– Eu conheço os nove leitõezinhos – disse o Homem de Lata.

– Eu também – disse o Espantalho. – Eles ainda vivem na Cidade das Esmeraldas, e o Mágico cuida bem deles e os ensina a fazer todos os tipos de truques.

– Eles cresceram? – perguntou a Sra. Grunhilda Suíno, com uma voz ansiosa.

– Não – respondeu o Espantalho –, assim como todas as outras crianças na Terra de Oz, eles sempre permanecerão filhotes. Mas no caso dos pequenos leitões é uma coisa boa, porque eles não seriam tão fofos e astutos se fossem maiores.

– Mas eles estão felizes? – perguntou a Sra. Suíno.

– Todos na Cidade das Esmeraldas estão felizes – disse o Homem de Lata. – Isso é inevitável.

Então os viajantes se despediram e escalaram o lado da depressão que ficava na direção do Monte Munch.

A MAGIA DE POLICROMIA

Nesta manhã, que deve ser a última desta jornada importante, nossos amigos começaram brilhantes e contentes, e Woot assobiou uma melodia alegre para que Policromia pudesse dançar ao som da música. Ao chegar ao topo da colina, a planície se espalhou diante deles em toda a sua beleza de gramíneas azuis e flores silvestres, e o Monte Munch parecia muito mais perto do que na noite anterior. Eles marcharam em um ritmo acelerado e, ao meio-dia, a montanha estava tão perto que eles puderam admirar sua aparência. Suas encostas eram parcialmente cobertas por perenifólias, e seus pés eram tufados com poas esguias e ondulantes que tinham uma borla na ponta de cada lâmina. E, pela primeira vez, eles perceberam, perto do sopé da montanha, uma casa charmosa, não muito grande, mas bem pintada e com muitas flores ao redor, e trepadeiras nas portas e janelas.

Os cinco viajantes foram em direção a esta casa solitária que agora direcionava seus passos, pensando em indagar as pessoas que viviam lá onde Nimmie Amee poderia ser encontrada.

Não havia estrada, mas o caminho estava bastante aberto e claro. Eles estavam se aproximando da casa quando Woot, o Andarilho, que então liderava o pequeno grupo, foi interrompido com um empurrão tão abrupto que o fez tropeçar e cair de costas no prado. O Espantalho parou para olhar o menino.

– Por que você fez isso? – ele perguntou surpreso.

Woot se sentou e olhou ao redor com espanto.

– Eu... eu não sei! – o garoto respondeu.

Os dois homens de lata, de braços dados, decidiram passar na frente quando ambos pararam e tombaram, com um grande estrondo, caindo em uma pilha ao lado de Woot. Policromia, rindo da visão absurda, veio dançando e ela, também, teve uma parada repentina, mas conseguiu evitar cair.

Todos eles ficaram muito surpresos, e o Espantalho disse com um olhar perplexo:

– Eu não vejo nada.

– Nem eu – disse Woot –, mas algo me atingiu.

– Alguma pessoa invisível me deu um golpe forte – declarou o Homem de Lata, lutando para separar ele mesmo do Soldado de Estanho, cujas pernas e braços se misturaram com as suas.

– Não tenho certeza se foi uma pessoa – disse Policromia, parecendo mais séria do que o normal. – Parece que eu simplesmente colidi com alguma substância dura que bloqueou meu caminho. Para ter certeza disso, deixe-me tentar outro lugar.

Ela correu de volta e com muita cautela avançou em um lugar diferente, mas quando alcançou uma posição alinhada com os outros, ela parou com os braços estendidos diante dela.

– Eu posso sentir algo duro e suave como vidro – disse ela –, mas tenho certeza de que não é vidro.

– Deixe-me tentar – sugeriu Woot, levantando-se.

Mas quando ele tentou seguir em frente, descobriu a mesma barreira que Policromia havia encontrado.

– Não – disse ele. – Não é vidro. Mas o que será?

– Ar – respondeu uma vozinha ao lado deles. – Ar Sólido.

O Homem de Lata de Oz

Todos olharam para baixo e encontraram um coelho azul-celeste com a cabeça enfiada para fora de uma toca no chão. Os olhos do coelho eram de um azul mais profundo do que sua pele, e a linda criatura parecia amigável e sem medo.

– Ar? – exclamou Woot, olhando com espanto para os olhos azuis do coelho. –Quem já ouviu falar de ar tão sólido que não se pode colocá-lo de lado?

– Você não pode empurrar este ar de lado – declarou o Coelho –, pois foi endurecido por uma feitiçaria poderosa para formar uma parede que se destina a impedir as pessoas de chegarem àquela casa ali.

– Oh, é uma parede? – disse o Homem de Lata.

– Sim, é de fato uma parede – respondeu o Coelho – e tem quase dois metros de espessura.

– E qual sua altura? – perguntou o Capitão Fyter, o Soldado de Estanho.

– Oh, é muito alta. Talvez tenha um quilômetro – disse o Coelho.

– Não poderíamos contornar isso? – perguntou Woot.

– Claro que sim. A parede é um círculo – explicou o Coelho.

– No centro do círculo está a casa, então vocês podem caminhar ao redor da Parede de Ar Sólido, mas vocês não conseguirão entrar na casa.

– Quem colocou a barreira de ar ao redor da casa? – foi a pergunta do Espantalho.

– Nimmie Amee fez isso.

– Nimmie Amee?! – todos eles perguntaram surpresos.

– Sim – respondeu o Coelho. – Ela costumava viver com uma velha bruxa, que de repente foi destruída, e quando Nimmie Amee fugiu da casa da mulher, ela levou consigo apenas uma fórmula mágica, feitiçaria pura, que lhe permitiu construir este muro de ar em torno de sua casa, aquela casa ali. Foi uma ideia muito inteligente na minha opinião, pois não estraga a beleza da paisagem, já que este ar sólido é invisível, mas mantém todos os estranhos longe da casa.

– Nimmie Amee mora lá agora? – perguntou o lenhador, ansioso.

– Sim – disse o Coelho.

– E ela chora e lamenta de manhã à noite? – continuou o imperador.

– Não. Ela parece muito feliz – afirmou o Coelho.

O Homem de Lata pareceu bastante desapontado ao ouvir este relatório de sua antiga namorada, mas o Espantalho tranquilizou seu amigo, dizendo:

– Não se preocupe, Vossa Majestade. Por mais feliz que Nimmie Amee seja agora, tenho certeza de que ela será muito mais feliz como imperatriz dos Winkies.

– Talvez – disse o Capitão Fyter, um tanto tenso –, mas ela ficará ainda mais feliz em se tornar a noiva de um Soldado de Estanho.

– Ela deve escolher entre nós, como combinamos – o lenhador prometeu. – Mas como vamos chegar até a pobre moça?

Policromia, embora estivesse dançando levemente para a frente e para trás, tinha ouvido cada palavra da conversa. Agora ela veio à frente e sentou-se diante do Coelho Azul, com suas saias multicoloridas dando-lhe a aparência de uma bela flor. O Coelho não recuou um centímetro. Em vez disso, ele olhou para a filha do Arco-íris com admiração.

– Sua toca fica debaixo desta parede de ar? – perguntou Poly.

– Com certeza – respondeu o Coelho Azul. – Eu cavei dessa forma para que eu pudesse vagar por esses campos amplos, para sair pelo outro lado, ou comer os repolhos do jardim de Nimmie Amee, deixando minha toca na outra extremidade. Eu não acho que Nimmie Amee deveria se importar com o pouco que eu tiro de seu jardim, ou o buraco que fiz sob sua parede mágica. Um coelho pode ir e vir quando quiser, mas ninguém que seja maior do que eu poderia passar pela minha toca.

– Você vai nos permitir passar por ela, se coubermos lá? – inquiriu Policromia.

– Sim, sim, claro! – respondeu o Coelho Azul. – Eu não sou amigo de Nimmie Amee, pois uma vez ela jogou pedras em mim só porque eu estava mordiscando um pouco de alface. E ainda ontem ela gritou 'Xô!' para mim, o que me deixou nervoso. Vocês são bem-vindos para usarem minha toca da forma que quiserem.

– Mas isso tudo é um absurdo! – declarou Woot, o Andarilho. – Somos todos grandes demais para rastejar por uma toca de coelho.

– Somos muito grandes agora – concordou o Espantalho –, mas você deve se lembrar de que Policromia é uma fada, e fadas têm muitos poderes mágicos.

O rosto de Woot iluminou-se quando ele se voltou para a adorável filha do Arco-íris.

– Você poderia fazer todos nós tão pequenos quanto aquele coelho? – ele perguntou ansiosamente.

– Posso tentar – respondeu Policromia, com um sorriso.

E ela fez isso tão facilmente que Woot não foi o único a ficar surpreso. As pessoas, agora minúsculas, se agruparam diante da toca do coelho e o buraco pareceu para elas como a entrada de um túnel, o que de fato era.

– Eu vou primeiro – disse a pequenina Policromia, que havia feito ela mesma ficar tão pequena quanto os outros, e no túnel ela dançou sem hesitação. O pequeno Espantalho foi em seguida e depois os dois homenzinhos de lata engraçados.

– Entre, é a sua vez – disse o Coelho Azul para Woot, o Andarilho. – Eu vou depois para ver como vocês se saíram. Esta será uma festa surpresa para Nimmie Amee.

Então Woot entrou no buraco e sentiu seu caminho ao longo das laterais lisas da toca no escuro, até que ele finalmente viu o vislumbre da luz do dia à frente e sabia que a jornada estava quase acabando. Se ele tivesse permanecido em seu tamanho natural, a distância poderia ter sido percorrida em alguns passos, mas, para um Woot da altura de um polegar, era um passeio e tanto. Quando ele emergiu da toca, o rapaz se viu a uma curta distância da casa, no centro da horta, onde as folhas do ruibarbo ondulavam acima de sua cabeça como se fossem árvores. Fora do buraco, e esperando por ele, estavam todos os seus amigos.

– Por enquanto, tudo certo! – comentou o Espantalho alegremente.

– Sim. Mas nem tudo está certo – devolveu o Homem de Lata com um tom de voz queixoso e perturbado.

– Estou perto de Nimmie Amee, a quem vim de longe procurar, mas não posso pedir à menina para se casar com tal homenzinho que sou agora.

– E eu não sou maior do que um soldado de brinquedo! – disse o Capitão Fyter, com tristeza. – A menos que Policromia possa nos tornar grandes novamente, há pouca utilidade em nossa visita a Nimmie Amee. Tenho certeza de que ela não se importaria com um marido em que pode pisar descuidadamente e destruir.

Policromia riu alegremente.

– Se eu deixá-los grandes, vocês não poderão sair daqui de novo – disse ela. – E se permanecerem pequenos, Nimmie Amee vai rir de vocês. Então façam sua escolha.

– Acho melhor voltarmos – disse Woot, sério.

– Não – disse o Homem de Lata, vigorosamente. – Decidi que é meu dever fazer Nimmie Amee feliz, se ela desejar se casar comigo.

– Eu também – anunciou o Capitão Fyter. – Um bom soldado nunca se esquiva de cumprir seu dever.

– Quanto a isso – disse o Espantalho –, o estanho não encolhe à toa, sob quaisquer circunstâncias. Mas Woot e eu pretendemos apoiar nossos camaradas, seja o que eles decidam fazer, então vamos pedir a Policromia para nos fazer tão grandes quanto éramos antes.

Policromia concordou com este pedido e, em menos de um minuto, todos eles, incluindo ela, tinham sido ampliados novamente para seus tamanhos naturais. Eles então agradeceram ao Coelho Azul por sua gentil ajuda e imediatamente se aproximaram da casa de Nimmie Amee.

NIMMIE AMEE

    Podemos ter certeza de que neste momento nossos amigos estavam todos ansiosos para ver o fim da aventura que causou tantas provações e problemas. Talvez o coração do lenhador não batesse mais rápido porque era feito de veludo vermelho recheado com serragem, e o coração do soldado porque era feito de estanho e repousava em seu peito de lata sem um pingo de emoção. No entanto, havia certa tensão no ar, pois ambos sabiam que um momento crítico em suas vidas tinha chegado, e que a decisão de Nimmie Amee estava destinada a influenciar o futuro de um ou do outro.

    Quando voltaram aos seus tamanhos naturais, as folhas de ruibarbo, que antes se erguiam acima de suas cabeças agora mal cobriam seus pés, e eles olharam ao redor do jardim e descobriram que não havia ninguém à vista, exceto eles mesmos. Nenhum som de atividade vinha da casa, mas eles caminharam até a porta da frente, que tinha uma pequena varanda construída diante dela, e lá os dois homens de lata ficaram lado a lado enquanto ambos bateram na porta com suas juntas de estanho.

    Como ninguém parecia ansioso para responder à convocação, ambos bateram novamente, e então novamente. Finalmente, eles ouviram um algo lá dentro e alguém tossiu.

– Quem está aí? – chamou a voz de uma garota.

– Sou eu! – gritaram os gêmeos de lata, juntos.

– Como vocês chegaram aqui? – perguntou a voz.

Eles hesitaram em como responder, então Woot respondeu por eles:

– Por meio de magia.

– Oh – disse a garota invisível.

– Vocês são amigos ou inimigos?

– Amigos! – todos eles exclamaram.

Então eles ouviram passos se aproximando da porta, que lentamente se abriu e revelou uma garota Munchkin muito bonita.

– Nimmie Amee! – gritaram os gêmeos de estanho.

– Esse é o meu nome – respondeu a menina, olhando para eles de modo frio e surpreso.

– Mas quem são vocês?

– Você não me reconhece, Nimmie? – disse o Homem de Lata. – Eu sou seu antigo namorado, Nick Lenhador!

– Você não me reconhece, minha querida? – disse o Soldado de Estanho. – Eu sou seu antigo namorado, Capitão Fyter!

Nimmie Amee sorriu para os dois. Então ela olhou além deles, viu o resto do grupo e sorriu novamente. No entanto, ela parecia mais divertida do que satisfeita.

– Entrem! – disse ela, liderando o caminho para dentro. – Até namorados são esquecidos depois de um tempo, mas você e seus amigos são bem-vindos.

A sala em que agora entraram era aconchegante e confortável, sendo bem decorada, bem-varrida e espanada. Mas havia alguém lá além de Nimmie Amee. Um homem vestido com um traje atraente de Munchkin estava preguiçosamente reclinado em uma poltrona, e ele se sentou e virou seus olhos aos visitantes com um olhar frio e indiferente que era quase insolente. Ele nem mesmo se levantou de sua cadeira para cumprimentar os estranhos, mas, depois de encará-los, ele desviou o olhar com uma carranca, como se fossem muito pouco importantes para interessá-lo.

Os homens de lata devolveram o olhar deste homem com interesse, mas eles não desviaram o olhar, porque nenhum dos dois parecia capaz de tirar os olhos deste Munchkin, que era notável por ter um braço de estanho muito parecido com seus próprios braços de lata.

– Parece-me – disse o Capitão Fyter, com uma voz que soou áspera e indignada –, que você, senhor, é um vil impostor!

– Vá com calma! – advertiu o Espantalho. – Não seja rude com estranhos, Capitão.

– Rude? – gritou o Soldado de Estanho, agora muito provocado. – Ora, ele é um canalha, um ladrão! O vilão está usando minha própria cabeça!

– Sim – acrescentou o Homem de Lata. – E ele está usando meu braço direito! Posso reconhecê-lo pelas duas verrugas no dedo mindinho.

– Meu Deus! – exclamou Woot. – Então esse deve ser o homem que o velho Ku-Klip remendou e nomeou Nickfyt.

O homem agora se virou para eles, ainda carrancudo.

– Sim, esse é o meu nome – disse ele com um rosnado – e é um absurdo vocês, criaturas de lata, ou qualquer outra pessoa, virem reivindicar minha cabeça, ou braço, ou qualquer parte de mim, pois eles são minha propriedade pessoal.

– Sua? Você é um ninguém! – gritou o Capitão Fyter.

– Você é apenas uma confusão de coisas – declarou o imperador.

– Senhores – interrompeu Nimmie Amee –, devo pedir que vocês sejam mais respeitosos com o pobre Nickfyt. Pois, sendo meus convidados, não é educado vocês insultarem meu marido.

– Seu marido?! – os gêmeos de lata exclamaram consternados.

– Sim – disse ela. – Eu me casei com Nickfyt há muito tempo, porque meus outros dois namorados tinham me abandonado.

Esta reprovação envergonhou tanto Nick Lenhador quanto Capitão Fyter. Eles olharam para baixo, tristes, por um momento, e então o Homem de Lata explicou com uma voz sincera:

– Eu enferrujei.

– Eu também – disse o Soldado de Estanho.

– Eu não tinha como saber disso, é claro – afirmou Nimmie Amee. – Tudo que eu sabia era que nenhum de vocês voltou para se casar comigo, como prometeram fazer. Mas os homens não são escassos na Terra de Oz. Depois que vim morar aqui, conheci o Sr. Nickfyt, e ele era o mais interessante de todos porque ele me lembrou fortemente vocês dois, como eram antes de se tornarem estanho. Ele até tem um braço de metal, e isso me lembrou mais ainda de vocês.

– Não diga! – comentou o Espantalho.

– Mas, ouça, Nimmie Amee – disse Woot, espantado –, ele é de fato os dois, pois é feito de seus membros descartados.

– Oh, você está completamente errado – declarou Policromia, rindo, pois ela estava gostando muito da confusão. – Os homens de lata ainda são eles mesmos, como logo irão lhe contar, então Nickfyt deve ser outra pessoa.

Eles a olharam perplexos, pois o fato era intrigante demais para ser compreendido de uma vez.

– É tudo culpa do velho Ku-Klip – murmurou o lenhador. – Ele não tinha o direito de usar nossas partes descartadas para fazer outro homem.

– Mas parece que ele fez exatamente isso – disse Nimmie Amee calmamente. – Eu me casei com Nickfyt porque ele se parecia com vocês dois. Não vou dizer que ele é um marido do qual me orgulho, pois como ele tem uma natureza mista, nem sempre é um companheiro agradável. Tem horas que eu tenho que repreendê-lo suavemente, tanto com palavras quanto com meu cabo de vassoura. Mas ele é meu marido, e devo fazer o que for melhor para ele.

– Se você não gosta dele – sugeriu o Homem de Lata, Capitão Fyter –, podemos cortá-lo com nosso machado e espada, e cada um toma as partes do companheiro que pertence para si. Então, estamos dispostos a deixar que você escolha um de nós como seu marido.

– Essa é uma boa ideia – aprovou o Capitão Fyter, puxando sua espada.

– Não! – disse Nimmie Amee. – Acho que vou manter o marido que tenho agora. Ele está treinado para pegar a água, carregar a madeira, capinar os repolhos, fertilizar os canteiros de flores, espanar os móveis e executar muitas tarefas de caráter semelhante. Um novo marido teria que ser repreendido, gentilmente, até descobrir minhas manias. Então acho que será melhor manter meu Nickfyt, e não vejo razão para que vocês se oponham a ele. Você dois, cavalheiros, o jogaram fora quando se tornaram de estanho porque não tinham mais uso para ele, então não podem reivindicá-lo à força agora. Aconselho vocês a voltarem para suas próprias casas e me esquecerem, como esqueci vocês.

– Bom conselho! – riu Policromia, dançando.

– Você está feliz? – perguntou o Soldado de Estanho.

– Claro que estou – disse Nimmie Amee. – Sou dona da minha vida, a rainha do meu pequeno domínio.

– Você não gostaria de ser a imperatriz dos Winkies? – perguntou o Homem de Lata.

– Misericórdia, não! – ela respondeu. – Isso seria muito incômodo. Eu não me importo com a sociedade, ou pompa, ou ostentação. Tudo que eu peço é para ser deixada sozinha e não ser incomodada por visitantes.

O Espantalho cutucou Woot, o Andarilho.

– Isso me parece uma dica – disse ele.

– Parece que fizemos nossa jornada por nada – comentou Woot, que estava um pouco envergonhado e desapontado porque foi ele quem havia proposto a viagem.

– Estou feliz, de qualquer forma – disse o Homem de Lata. – Que bom que encontrei Nimmie Amee e descobri que ela já é casada e feliz. Isso vai me livrar de qualquer outra ansiedade em relação a ela.

– De minha parte – disse o Soldado de Estanho –, não lamento, pois graças a isso fui libertado. A única coisa que realmente me irrita é encontrar minha cabeça sobre o corpo de Nickfyt.

– Quanto a isso, tenho quase certeza de que é o meu corpo, ou uma parte dele – observou o imperador dos Winkies. – Mas deixe para lá, amigo Soldado, vamos abrir mão de nossos membros rejeitados para garantir a felicidade de Nimmie Amee, e agradeça por não ser nosso destino capinar repolhos, buscar água, e ser repreendido, no lugar desta criatura Nickfyt.

– Sim – concordou o Soldado. – Temos muito pelo que ser gratos.

Policromia, que havia ido para o lado de fora da casa, agora enfiou a linda cabeça através de uma janela aberta e exclamou com uma voz satisfeita:

– Está nublado. Talvez vá chover!

ATRAVÉS DO TÚNEL

Não choveu naquele momento, embora as nuvens no céu tenham ficado muito mais densas e ameaçadoras. Policromia estava esperando uma tempestade de trovões, seguida por seu Arco-íris, mas os dois homens de lata não gostaram da ideia de se molhar. Eles até preferiram permanecer na casa de Nimmie Amee, embora sentissem que não eram bem-vindos lá, a ter de sair e enfrentar a tempestade que se aproximava. Mas o Espantalho, que era uma pessoa muito atenciosa, disse para os amigos:

– Se permanecermos aqui até depois da tempestade, Policromia irá embora em seu Arco-íris, então nos tornaremos prisioneiros da Parede de Ar Sólido. Parece-me melhor começarmos nossa jornada de retorno imediatamente. Se eu ficar molhado, meu enchimento de palha estragará, e se vocês dois cavalheiros de lata se molharem, provavelmente enferrujarão de novo e se tornarão inúteis. Mas mesmo isso é melhor do que ficar aqui. Assim que nos livrarmos da barreira, teremos Woot, o Andarilho, para nos ajudar. Ele pode lubrificar suas juntas e preencher novamente meu corpo, se for necessário, pois o menino é feito de carne, que não enferruja, e nem fica empapado ou mofado.

– Vamos, então! – gritou Policromia da janela, e os outros, concordando com o discurso sábio do Espantalho, despediram-se de Nimmie Amee, que estava feliz por ter se livrado deles, e disseram adeus ao marido, que apenas fez uma careta e não respondeu, e saíram correndo da casa.

– Devo dizer que suas partes antigas não são muito educadas – observou o Espantalho, quando estavam no jardim.

– Não mesmo – disse Woot. – Nickfyt é um típico resmungão. Ele poderia ter nos desejado uma viagem agradável, mas nem isso fez.

– Eu imploro que não nos responsabilize por essas ações da criatura – implorou o Homem de Lata. – Nós somos parte de Nickfyt, mas não temos mais nada a ver com ele.

Policromia dançou à frente do grupo e os liderou direto para a toca do Coelho Azul, que eles poderiam ter tido alguma dificuldade para encontrar se a fada não estivesse junto. Chegando lá, ela não perdeu tempo em torná-los pequenos novamente. O Coelho Azul estava ocupado mordiscando folhas de repolho no jardim de Nimmie Amee, então eles não pediram sua permissão e simplesmente entraram na toca.

Agora as gotas de chuva começavam a cair, mas estava bastante seco dentro do túnel e, assim que eles alcançaram a outra extremidade fora da Parede de Ar Sólido, a tempestade caía como uma chuva torrencial.

– Vamos esperar aqui – propôs Policromia, espiando do buraco e recuando rapidamente. – O Arco-íris não aparecerá até depois da tempestade e posso fazer vocês crescerem novamente em um instante antes de me juntar às minhas irmãs em nosso arco.

– Esse é um bom plano – disse o Espantalho com aprovação. – Isso vai me salvar de ficar encharcado.

– Isso vai me salvar de ficar enferrujado – disse o Soldado de Estanho.

– Isso me permitirá permanecer polido – disse o Homem de Lata.

– Ah, quanto a isso, eu mesmo prefiro não ter minhas lindas roupas molhadas – riu a filha do Arco-íris. – Mas, enquanto esperamos, eu lhes darei adeus. Devo também agradecer por terem me salvado daquela terrível Gigante, a Sra. Yoop. Vocês são ótimos amigos e gostei muito de nossas aventuras juntos, mas nada me deixa mais feliz do que estar em meu querido Arco-íris.

– Será que seu pai irá repreendê-la por ter ficado na terra? – perguntou Woot.

– Suponho que sim – disse Policromia alegremente. – Estou sempre sendo repreendida por minhas travessuras malucas, como ele as chama. Minhas irmãs são tão doces, amáveis e certinhas que nunca dançam fora do nosso Arco-íris, então elas nunca têm aventuras. Aventuras para mim são uma boa diversão, só que não gosto de ficar muito tempo na terra, porque aqui não é meu lugar. Devo dizer ao meu pai, o Arco-íris, que vou tentar não ser tão descuidada de novo, e ele vai me perdoar porque em nossas mansões do céu sempre há alegria e felicidade.

Eles realmente lamentaram se separar de sua delicada e bela companheira e asseguraram-lhe sua devoção se eles por acaso a encontrassem novamente. Ela apertou as mãos do Espantalho e dos homens de lata e beijou Woot, o Andarilho, levemente em sua testa. E então a chuva parou de repente, e quando as pessoas pequenas deixaram a toca do Coelho Azul, um grande e glorioso Arco-íris apareceu no céu e o final de seu arco desceu lentamente tocando o solo onde eles estavam.

Woot estava tão ocupado observando um grupo de lindas donzelas, irmãs de Policromia, que se inclinavam sobre a borda do arco, e outro grupo que dançava alegremente em meio à radiância dos esplêndidos matizes, que não percebeu que estava crescendo novamente. Mas agora Policromia juntou-se às suas irmãs no Arco-íris e o enorme arco levantou e lentamente desapareceu conforme o sol irrompia das nuvens e enviava seus próprios raios brancos dançando sobre os prados.

– Ora, ela se foi! – exclamou o menino, e ele se virou para ver seus companheiros ainda acenando com as mãos em sinal de adeus a Policromia.

O RETORNO

Bem, o resto da história será rapidamente contada, pois a jornada de retorno de nossos aventureiros ocorreu sem nenhum incidente importante. O Espantalho estava com tanto medo de encontrar o Hi-po-gi-ra-fa e ter sua palha comida novamente, que pediu a seus camaradas para escolherem outra rota para a Cidade das Esmeraldas, e eles de boa vontade consentiram, de modo que o país invisível fosse totalmente evitado.

Claro, quando eles chegaram à Cidade das Esmeraldas, seu primeiro dever era visitar o palácio de Ozma, onde eles foram regiamente entretidos. O Soldado de Estanho e Woot, o Andarilho, foram recebidos tão calorosamente quanto qualquer estranho que tivesse sido companheiro de viagem dos queridos amigos de Ozma, o Espantalho e o Homem de Lata, seria.

Naquela noite, na mesa do banquete, eles relataram a maneira pela qual encontraram Nimmie Amee, e como ela estava feliz casada com Nickfyt, cujo relacionamento com Nick Lenhador e o Capitão Fyter foi tão desconcertante que ambos precisaram pedir um conselho a Ozma sobre o que fazer a respeito.

– Vocês não precisam ter consideração por Nickfyt – respondeu a linda garota governante de Oz. – Se Nimmie Amee estiver contente com aquele homem desajustado como marido, não temos por que culpar Ku-Klip por juntar seus corpos.

– Acho que foi uma ideia muito boa – acrescentou Dorothy –, pois se Ku-Klip não tivesse usado as partes descartadas, elas teriam sido desperdiçadas. É ruim desperdiçar, não é?

– Bem, de qualquer maneira – disse Woot, o Andarilho –, Nickfyt, sendo mantido prisioneiro por sua esposa, está muito longe para incomodar qualquer um de vocês, homens de lata. E se vocês não tivessem ido onde ele está e o descoberto, jamais teriam conhecimento de sua existência.

– O que realmente importa, afinal de contas – disse Betsy Bobbin ao Homem de Lata –, é que Nimmie Amee esteja satisfeita.

– É difícil imaginar – observou a pequena Trote – que uma garota prefira viver com uma mistura como Nickfyt, em um lugar distante como Monte Munch, a ser a imperatriz do Winkies!

– É a escolha dela – disse o Homem de Lata contente. – E não tenho certeza se os Winkies gostariam de ter uma imperatriz.

Ozma ficou intrigada, por um tempo, decidindo o que fazer com o Soldado de Estanho. Se ele fosse com o Homem de Lata para o castelo do imperador, ela pressentiu que os dois homens de lata poderiam não ser capazes de conviver juntos em harmonia e, além disso, o imperador não seria tão distinto se ele tivesse alguém idêntico constantemente ao seu lado. Então ela perguntou ao Capitão Fyter se ele estaria disposto a servi-la como um soldado, e ele prontamente declarou que nada o agradaria mais.

Depois que ele esteve a serviço dela por algum tempo, Ozma o enviou para o País dos Gillikins com instruções para manter a ordem entre as pessoas selvagens que habitam algumas partes daquele país desconhecido de Oz. Quanto a Woot, sendo um andarilho de profissão, foi permitido que ele vagasse onde desejasse, e Ozma prometeu vigiar suas viagens futuras e proteger o menino o máximo que pudesse, caso ele tivesse mais problemas.

Com tudo devidamente arranjado, o Homem de Lata voltou ao seu castelo de estanho, e seu bom amigo, o Espantalho, o acompanhou em seu caminho. Os dois certamente passarão muitas horas agradáveis juntos, conversando sobre suas aventuras recentes, pois como eles não comiam nem dormiam, encontraram sua maior diversão na conversa.